목소리를 드릴게요

목소리를 드릴게요

정세랑 소설집

아작

차
례

미싱 펭거와

점핑 걸의 대모험

손가락이 사라지는 아이를 좋아해본 적 있니?

그 아인 하필이면 사라지는 부분이 오른손 검지였어. 오른손잡이니까 찾으러 갈 수밖에 없었지. 손가락은 언제나 조금 곤란한 시간대로 사라졌어. 시간여행이 늘 그렇듯 미래로 향하지는 않고 과거로 과거로.

"감각은 남아 있는 거야?"

"저린 느낌만. 저려서 자다가도 깨."

궁금해서 물어본 건데 어쩐지 의기소침한 대답이 돌아왔어. 사실 그즈음에 더 의기소침해야 했던 사람은 나였는데. 막 메달을 박탈당한 다음이었거든. 높이뛰기라 하면 대개 장대높이뛰기를 생각하지만 나는 그냥 높이뛰기 선수였어. 아무 장치의 도움도 없이 2.25미터를 넘었어. 그건 정말 좋은 기록이야. 이제는 지워졌지만. 경기 때마다 스트레스가 너무 심해서 스트레스에 좋다는 차를 어렵게 어렵게 구해 마셨어. 뜨겁게 마실 시간은 없어서 찬물에 냉침시켜 마셨지. 물처럼 마셨는데 그 차의 성분에 문제가 있어서 도핑 테스트에 걸렸어. 왜 그랬을까. 왜 확인하지 않았을까. 확인하려면 확인할 수도 있었는데. 사실은 그만두고 싶었는지도 모르겠어. 가장 비겁한 방식으로 그만두고 말았지만.

"손가락 찾으러 갈 때 나도 데려가줄래? 그래도 되니?"

"되긴 하지만 예방주사를 맞아야 해."

"어떤 걸?"

"리스트를 줄게."

지금은 미약해졌지만 과거엔 여전히 무시무시할 질병들의 이름을 외며 병원에 다녀왔어. 간격을 두고 맞아야 하는 주사들이 있어서 생각보다 오래 기다려야 했어.

"아직도 나랑 함께 가고 싶어?"

"응."

"과거는 생각보다 재미없어. 위험하고 더러워."

"그래도."

언제나 시무룩한 미싱 핑거가 손을 내밀었어. 나는 그 아이의 손가락이 하나 없는 손을 잡았지. 단면에 닿지 않도록 조심하면서. 그 단면이 우리를 양말처럼 뒤집으며 포털이 되었어. 양말처럼 뒤집혔기 때문에 약간 토했어. 낯선 공기에. 낯선 땅에.

항상 린넨을 입었어. 어느 시대 어느 지역에 가도 가장 눈에 덜 띄는 옷이었으니까. 미색의 린넨. 그보다는 진한 색의 하의. 밑창까지 꼬아 만든 신발. 그래도 우리는 눈에 띄었어.

손가락은 언제나 가장 곤란한 곳에 있었지. 독재자가 즐겨 쓰는 모자 벨트에 끼어 있었고, 길고 긴 사막 길을 가는 상인의 수통 속에 들어 있기도 했고, 과학자의 완두콩밭에 묻혀 있었고, 범접할 수 없는 높은 사람의 속옷 겹겹 사이에, 첨탑의 종 속에, 기와의 이끼 안에, 보석상의 펠트를 댄 서랍에, 절인 올리브 창고에, 호수 한가운데의 정자 댓돌에, 증기로 가득한 기관실 구석에, 비단이 가득한 신만에, 포환 상자의 지푸라기 틈에, 레이스와 가발 속에, 양피지 두루마리에, 원자로에, 통발에, 오래 쓰지 않은 무쇠솥에, 구슬주렴 저쪽에, 궁전의 새집에, 박물관의 커다란 소라 껍데기에, 붓통에, 산장의 양철 캔에, 등나무 바구니 안에, 분장실 분첩에, 성벽의 헐거운 돌 뒤에, 멸균 실험실에, 축음기에, 미로 정원에, 어항에, 테트라포드 아래에, 꿀통에, 지뢰밭에, 가면에 달린 수염 사이에, 시계추의 공동에, 닻의 사슬에, 필름통에, 리본 심지에, 안대 안쪽에.

돈 대신 곡류나 과일류를 들고 가서 현지 돈과 바꿨는데 그렇게 구한 돈이 모자라면 종종 배면뛰기를 했어. 배면뛰기가 나오기 전 시대 사람들은 신기한 재주라 생각하며 동전을 던졌어. 옷깃에 방울을 달고 뛸 때도 있었지. 처음 몇 번은 도착한 곳의 나무를 베어 가로대를 만들었는데 번거로워서 결국엔 대나무 무늬 플라스틱 가로대를 들고 가게 되었어. 배면뛰기를 훔친 거나 다름없어 마음에 걸렸지만…… 운동선수로서 나는 어차피 불명예의 가장 밑바닥에 이른 게 아닐까 아득해할 때에도 일단은 뛰고 있었어. 시장 바닥에서, 갑판 위에서, 광장에서, 살롱에서 나는 넘고 넘고 또 넘었어.

"내가 이상한 걸 발견했어."

어느 날 미싱 펭거가 말했어.

"뭔데?"

"내 손가락이 다른 부위보다 빨리 늙고 있어."

정말이었어. 손은 원래 빨리 늙는 부위잖아. 주름이 많이 생기니까. 그걸 감안해도 애써 찾아 돌아온 손가락은 미묘하게 살짝 더 늙어 있었어. 사라지지 않았던 부분보다 다섯 살은 많아 보였달까. 우리가 찾으러 가는 게 매번 늦어서 그런 걸까 싶었어. 그 손에 미싱 펭거가 얼굴을 묻었어.

"힘들어? 속상해?"

나는 조심스럽게 물어보았지. 조심스럽게 대해야 하는 상대를 좋아했으니까.

"지겨워."

사실 나는 하나도 지겹지 않았는데. 지겹다고 말하는 미싱 핑거의 말에 공격당한 듯한 기분이었어.

"21세기가 좋아. 22세기면 더 좋을 것 같아."

그렇게 말하며 한 손가락만 늙은 손으로 내 얼굴을 쓰다듬어주었기에 마음이 다소 풀렸지.

사라지는 손가락을 제자리에 묶어두기 위해 우리가 찾아갔던 의사들, 주술사들, 재봉사들……. 하지만 해결책은 항상 미래에 있잖아. 어느 날 연고가 발명되었어. 연고라기보다는 용기도, 바르는 방식도 투명 매니큐어랑 비슷했지만. 사라지는 신체 부위에 코팅하듯 발라두면 그 이상한 실종 현상이 멈추었지. 전 세계의 비자발적 시간여행자들이 드디어 발붙이고 살아갈 수 있게 되었어.

이제는 손가락이 사라지지 않게 된 미싱 핑거. 여전히 좋아하지.

그렇지만 가끔 연고를 매니큐어로 바꿔치기해둘 때가 있어. 아주 자주는 아니지만. 내가 비겁하게 이곳을 떠나고 싶어질 때에.

11
분
의

1

혜정 씨, 천체투영관은 오늘도 선선한가요? 떠나오고 나서 천체투영관 생각을 자주 했습니다. 처음 과학관에 갔을 때 면접까지 시간이 남아서 티켓을 샀었죠. 그런데 열 명이 채 차지 않아 상영이 취소되고 말았습니다. 그렇게 멋진 공간에서 근사한 상영물을 틀어주는데 사람들은 왜 오지 않을까요? 저도 모르게 너무 시무룩한 표정을 지었나 봅니다. 혜정 씨가 환불을 하고 오면 몰래 제일 짧은 걸 하나 틀어주겠다 했고, 얼마나 고마웠던지요. 혼자 그 아름답고 둥근 천장 아래, 맨 뒷자리에 앉아 우주여행을 했네요. 10분 남짓한 시간이었지만 혜정 씨의 친절함과 오래된 우주의 친절함이 꽤 닮아 있다고 생각하며, 과학관에 일자리를 얻을 수 있길 바랐습니다. 상영이 끝나자 혜정 씨가 눈으로 웃으며 물었던 게 기억나요. "대학생이에요?" 제 면접 복장이 그렇게까지 부적절했던 건지, 아니면 혜정 씨의 나이 가늠이 유난히 형편없었던 건지 모르겠어요. 대충 학생인 척할 수도 있었지만 거짓말을 하기 싫어서 "아, 오늘 학예관 면접⋯⋯." 하고 흐리게 대답한 후엔 혜정 씨도 저도 잠시 굳었고 말예요. 얇은 여름 셔츠와 갈색 면 스커트 차림으로 갔는데도 다행히 취직이 결정되었고 우리는 점심을 함께 먹는 친구가 될 수 있었습니다. 친절한 혜정 씨와 먹는 점심은 언제나 즐거웠다고, 꼭 말하고 싶었어요.

여전히 혜정 씨에게만은 거짓말을 하기 싫어요. 제가 과학관에 보낸, 아파서 그만둔다는 사직서는 가짜예요. 그러니까 걱정하지 말았으면 해요.

✳

왜 갑자기 마지막 휴가 이후 돌아가지 않았는지, 제대로 설명하려면 대학 때 동아리 이야기부터 해야 할 것 같아요. 제가 속했던 동아리는 '넥스트 핫 싱(Next Hot Thing)'이란 이공계 전공자들의 연합 동아리였어요. 동아리 이름이 너무 부끄러워요. 그 이름을 지은 선배들은 대체 무슨 생각이었던 걸까요. 90년대 말 실패한 아이돌 그룹 이름 같지만,

서로 다른 과 학생들이 모여 미래지향적인 연구와 발명을 하는 동아리였죠. 실상은 더 번듯한 동아리에서 떨려 나오거나 애초에 어디에도 들어가지 못한 괴짜들만 모여 있었답니다. 애완용 초파리 박람회를 개최한다든가(아무도 애완용으로는 키우고 싶어 하지 않죠) 자동으로 머리 감아주는 기계를 만든다든가(왜 아직 안 나왔는지 모를 발명품이지만 여기 머리카락을 빌려주었다가 다 뽑힐 뻔했어요) 솔잎 음료수로 달리는 자동차를 시연한다든가(1미터도 채 움직이지 못했죠) 《수강신청을 돕는 해킹》이라는 소책자를 인쇄한다든가(폐부 위기였고요)…… 그런 활동들을 했습니다. '넥스트 유즈리스 싱(Next Useless Thing)'이나 '넥스트 스튜피드 싱(Next Stupid Thing)'으로 이름을 바꿔야 했을지도요. 부끄러우니 이제 NHT라 부를게요.

NHT 전에는 늘 운동부였어요. 조정부도 하고 수상스포츠부노 하고 검도부도 했었죠. 운동도 좋아하고, 취향이 늘 목과 어깨가 두꺼운 남자였거든요. 키가 크지 않아도 실팍한 느낌을 주는 그런 타입요. 그런데 지나치게 남자다운 남자들과의 연애는 늘 끝이 좋지 않았습니다. 잘은 몰라도 과도한 남성 호르몬은 성공적인 연애를 방해하는 것 같아요. 다소 지쳐 있던 차에, 축제에 나온 NHT의 텐트 아래에서 그 사람들이 케이크를 먹으며 보드게임을 하고 있는 걸 봤어요. 주사위를 던지며 수달 같은 소리를 냈죠.

성별에 상관없이 그저 좋은 생물들 같았어요. 나한텐 저런 집단이 필요해, 싶었달까요? 그렇게 예감인지 확신인지에 넘쳐 가입했습니다. 제 팔자를 제가 꼰 셈이지요.

처음에는 여학생들도 없지 않았는데, 한 학기 만에 모두 탈주하고 열한 명의 선배 오빠와 저만 달랑 남게 될 줄이야……. 아, 이거 그거다, 영락없는 《백조 왕자》! 깨달았을 때는 이미 늦었던 겁니다. 설마 이 열한 명의 저주를 다 풀어줘야 하는 걸까? 오빠들을 바라보며 떨떠름해했던 대학 생활이었어요. 그때의 사진첩에는 주로 싸구려 재료를 눅눅하게 튀긴 음식을 앞에 두고 바보 같은 표정을 짓고 있는 오빠들이 가득해요.

그런데 열한 명이 있으면, 한 명쯤은 마음에 들어오게 되어 있잖아요. 오빠 11이 그랬어요. 왜 11이냐면 제일 조용해서. 항상 열한 번째로 말하는 사람이어서. 오빠 11의 이름은 오기준. 기준 오빠였어요. 지질학과 사람이었고, 고생물학자가 꿈이라 주말에도 방학에도 내내 필드워크를 다녔죠. 키는 큰데 엄청 말라서 몸무게는 저랑 비슷했을지도 몰라요. 얼굴은 부드럽고 긴 타원형이었지만 몸은 직선만 그릴 줄 아는 아이가 그린 것처럼 온통 직선이었고요. 그 직선이 좋았습니다. 언제나 주머니가 많은 바지를 입고 비스듬히 서 있던 모습이 기억나네요. 콕 집어 언제부터 좋아하게 되었는지도 모르겠어요. 어쩌면 화석 때문이었을까요?

기준 오빠는 필드에 다녀오면 작은 화석을 하나씩 제게 선물했어요. 그냥 지나가다가 "유경아, 이거 가질래?" 하고 대수롭지 않게 말예요. 자세히 봐야 화석 같은 돌멩이들이 었어요. 자연사 박물관에 가면 기념품점에서 2만 원이면 살 수 있는 흔한 화석요. 고사리 이파리가 흐리게 보일락 말락 한 것들 혜정 씨도 본 적 있죠? 저는 빈 초콜릿 박스에 그 화석들을 모았어요. 박스가 다 차기 전에 기준 오빠를 좋아하게 된 것만은 확실합니다.

아니, 역시 화석 때문은 아닌 것 같아요. 그게 우리 둘의 기분 좋은 의례이긴 했지만요. 누구와도 좀처럼 말다툼을 하지 않는 사람이라 좋아했어요. 농담으로라도 비열한 말은 한마디도 하지 않는 사람이라서요. 드러나지 않는 방식으로 배려해주고 신경 써주는 사람이라 좋았어요. 오빠는 자주 아팠는데, 그래서인지 제가 조금이라도 아픈 날이면 귀신처럼 알아채곤 했었어요.

오빠가 얼마나 아팠는지 알았더라면, 좋아한다고 더 일찍 말했을 텐데.

대학원에 막 들어간 참이었어요. 오빠가 유년 시절에 앓았던 암이 재발해 학교를 그만둔 것은. 우리 모두와 연락을 끊고 사라진 것은.

그리고 동아리는 와해되었어요. 그 말 없는 사람이 우리를 이어 붙이는 접착제였던 거예요.

＊

끼룩끼룩 꽥꽥 하던 다른 오빠들은 사회에 진출하고 자리를 잘 잡아갔어요. 학계에 반쯤, 기업에 반쯤 가고 한 사람은 자기 사업을 시작하기도 했죠. 그러곤 우수수 결혼도 했는데 지켜보는 입장에서 기분이 이상했습니다. 저기, 안녕하세요, 그런 거 줍지 마세요, 하고 익명투서라도 보내고 싶어질 정도였답니다. 그러진 않았지만요. 너무 미숙할 때의 모습을 기억하고 있어서 믿기지 않지만, 오빠들도 사회의 멀쩡한 일원인 거겠죠. 괴짜들은 갑자기 번듯해졌습니다.

오빠들의 결혼식에 갈 때마다, 2주 전부터 준비를 시작했어요. 붓지 않는 음식들만 먹고, 뾰루지가 나지는 않을까 조마조마해하고, 괜히 옷을 사고, 머리를 했죠.

어쩌면 기준 오빠가 올지도 모르니까.

그러나 오지 않았습니다. 네 번쯤 그 짓을 하고 나니 오빠가 오지 않을 거란 걸 받아들이게 되었어요. 다른 사람들을 붙잡고 기준 오빠의 소식을 묻고 싶었지만 그러지 않았습니다. 어쩐지 자존심이 상했거든요. 제 쪽만 오빠의 안부를 이렇게 간절히 궁금해하는 걸 들키기 싫었어요. 그저 건강하기를 바랐지요.

제가 국내에서 취직하지 못하고 호주의 해양생물학 연

구소에서 일하다가, 프로젝트 때문에 배도 타다가, 귀국하여 과학관으로 오게 된 건 혜정 씨도 잘 아시는 이야기죠. 네, 그동안 저는 기준 오빠를 만나지도 소식을 듣지도 못했습니다. 그럼에도 늘 생각했어요. 기준 오빠는 저의 기준이 되어버렸던 거예요. 누굴 만나도 그때 오빠가 내 손에 작은 돌멩이들을 쥐여줄 때의 친밀감과 충족감을 느낄 수는 없었어요. 펭귄 수컷처럼 돌을 선물하던 남자 때문에 제 나머지 연애들은 망해버리고 말았습니다.

이제 다른 오빠 한 명의 이름을 밝혀야겠군요. 저에게 오빠 5, 아니면 오빠 6에 불과했지만 동아리 사람들 중 가장 성공했다는 평을 받는 인물입니다. 한국의 엘론 머스크, 리처드 브랜슨⋯⋯. 네, 바로 그 김남선입니다. 뭐, 다들 그렇게 말은 해도 남선 오빠가 창업 자금을 군수산업계에서 번 것은 공공연한 비밀이죠. 그 이후의 업적은 사실 기행에 가까웠고요. 처음부터 항상 그런 사람이었습니다. 기행에 기행을 거듭하는 사람요. 열한 명 중에 제일 좋아하지 않았습니다. 그런 남선 오빠가 이메일로 자신의 집에 초대했을 때, 처음에는 응할 마음이 들지 않았어요. 집이 남아공에 있다고 했거든요. 애들 어학연수 삼아 몇 년 머무른다고 하더라고요. 제가 그 멀리 왜 가겠어요?

계절이 바뀔 때마다 한 번씩 다시 초대장이 왔습니다. 비행기도 일등석으로 끊어준다고 했고, 다른 오빠들은 다와 있다고 했지요.

다?

전부?

그 말은 기준 오빠도 가 있다는 이야기? 그제야 솔깃했어요. 저로서는 이해할 수 없는 이유와 방식으로 기준 오빠와 남선 오빠는 절친했거든요.

그래서 첫 휴가를 내게 된 것입니다.

✳

공항에 무장 경호원이 마중을 나와서 약간 긴장했지만, 남선 오빠의 집은 안전한 곳이었습니다. 그걸 집이라고 불러야 할지 모르겠네요. 공원을 낀 광활한 부지가 통째 오빠 거였으니까요.

"다른 건 다 괜찮은데, 연못가의 하마를 조심해. 그 녀석 아주 고약해."

말도 안 되는 지시사항이었습니다. 하지만 연못을 크게 돌아 메인 정원에 도착하자, 정말 다른 오빠들이 다 와 있는 걸 볼 수 있었습니다. 가족들도 함께요. 어른들은 피크닉 테이블에 앉아 있고 아이들은 끝없는 정원을 지치지도 않고 뛰어다녔지요. 저는 눈으로 기준 오빠를 찾았지만 없었습니다.

"기준인 좀 이따 만나게 해줄게."

남선 오빠가 소곤거렸을 때의 제 기분을, 어떻게 설명할 수 있을까요? 저는 시답잖은 안부인사와 대화들을 견디며 그 '좀 이따'를 기다렸습니다.

해가 지기 시작할 때, 미니 기차가 왔습니다. 유원지에 다니는 알록달록한 그런 기차였습니다. 와인을 몇 잔 걸친 오빠들과 저는 그 미니 기차에 타고 집에서 멀어지기 시작했습니다.

"어디 가는 거예요?"

제가 물었습니다. 정원에 두고 온 트렁크가 신경 쓰였지요.

"우리 뭐 하는지 너 구경시켜주러."

도착한 곳은 광산 입구였습니다.

"폐광을 헐값에 샀어. 망간 광산이야."

"폐광을 왜 샀어요?"

"아, 사람이 못 캐서 폐광된 거지. 우리 회사 기술로는 연당 15톤씩 더 캘 수 있어."

그리고 그곳에는 제어실이 있었습니다. 우주기지처럼 보이는, 흰 이동건물이었는데 규모가 작지 않았죠. 다른 오빠들은 이미 와본 듯 자연스럽게 그곳으로 들어갔습니다. 직원들과 인사를 나누었습니다.

"이 사람들이 제어해."

"뭘를요?"

남선 오빠가 작업대 한쪽을 가리켰습니다. 금속성의 무언가가 꾸물거리며 움직이고 있었지요. 저는 가까이 가서 그것을 들여다보았습니다.

"오파비니아?"

"디자인만 그래. 사람이 들어갈 수 없는 곳까지 가서 효율적으로 채굴해."

"왜 하필 오파비니아예요?"

그렇게 묻고 나서 저는 대답이 필요 없다는 걸 깨달았습니다. 기준 오빠가 제일 좋아하던 화석이니까요.

"우리가 여기서 표면적으로 하는 사업은 망간 채굴이고…… 엘리베이터를 타자."

열한 명이 탈 수 있을 만큼 엘리베이터는 컸습니다. 그리고 깊이깊이 내려갔지요. 와, 뭘 얼마만큼 판 거야, 저는 그때까지도 별생각이 없었습니다. 오빠들이 쭈뼛쭈뼛하고 있는 것도 눈치채지 못했어요. 기본 모드가 쭈뼛쭈뼛인 사람들이니까요.

엘리베이터에서 내려, 여러 개의 방을 지났습니다. 철문도 있었고 유리문도 있었지요. 바쁘게 일하는 사람들을 구경하며, 왜 여기다 또 회사를 차렸나 가볍게 궁금해했어요. 다른 오빠들이 뒤로 빠지는 건 깨닫지 못했고요. 저는 남선 오빠와 함께 복도 가장 깊은 곳으로 향했습니다.

"우리가 진짜로 하고 있는 일은,"

그렇게 말하며 남선 오빠가 그 창문 없는 문을 열었을 때, 저는 문지방을 넘어서자마자 주저앉고 만 것입니다.

거기 기준 오빠가 있었습니다. 내 사랑. 내 얼어 있는 사랑.

＊

저는 무릎으로 일어나 어떻게 걷는지 잊은 것 같은 몸을 끌고 탱크 형태의 생명 유지 장치 쪽으로 다가갔습니다. 얼굴만 보였습니다. 안경을 쓰지 않은 창백한 얼굴, 잠든 얼굴요.

"기준이를 살리는 거야. 여기서 기준일 살릴 거야. 상태가 너무 나빠지기 직전에 이곳으로 데려왔어."

"그게 언제?"

혀도 말하는 걸 잊었는지 존댓말이 나오지 않았습니다.

"4년쯤 됐나?"

"나한테는 왜 말 안 했어?"

"살릴 가능성이 커지면 말해주려 했어."

"이제는 커졌어?"

"응. 대안이 여러 개 준비됐어. 그리고 그중 하나를 고르는 걸, 기준이가 너한테 위임했어."

"뭐라고?"

남선 오빠는 캐비닛으로 성큼성큼 걸어가더니 서류 봉투를 하나 꺼냈습니다. 대충 살펴보니 일종의 계약서였지요. 아주 두꺼운 계약서. 정말로 최종 결정은 저에게 위임되어 있었습니다. 매 장 접은 뒷면과 마지막 장에 볼펜으로 한 사인이 있었습니다. 이게 기준 오빠의 사인인가? 낙서나 다름없었습니다. 그저 쭉 그은 선이었거든요.

"우리가 네 팀으로 나뉘어서 어떻게 기준이를 살릴지 연구했어. 그리고 각자 방향을 잡았지. 네가 결정해주면 돼."

남선 오빠가 신이 나서 말했습니다.

"늬들."

저는 저도 모르게 입을 열었지요.

"응? 늬들?"

"늬들, 여기서 이러고 있었니? 기준 오빠로 프로젝트 하고 있었던 거니?"

입구에 서 있던 다른 오빠들이 스르륵 뒷걸음쳐 복도로 나갔습니다.

"기준이가 동의한 거야."

"그랬을 리가 없어. 이건 사인이 아니잖아. 대충 그은 선이잖아. 얼마나 아플 때 물어본 건데? 변호사는 있었어?"

"있었지."

"오빠 회사 변호사 말고, 기준 오빠 변호사 있었냐고?"

"아, 그쪽은 없었지."

남선 오빠가 잠깐 숨을 골랐습니다.

"하지만 내가 직접 물어봤어. 널 다시 보고 싶지 않느냐고. 그랬더니 기준이가 그러고 싶다고 분명하게 말했어. 그런 다음 사인했다고."

"나가."

저는 제가 마치 그 방의 주인인 것처럼 말했습니다. 제가 위임받은 권한이 대체 무엇인지 몰라도요.

"잠깐."

후퇴하는 남선 오빠를 다시 불러세웠습니다.

"의자."

곧 긴 의자와 담요가 그 방으로 배달되어 왔습니다. 저는 그 길지만 불편한 의자에 모로 누워 기준 오빠를, 오빠가 든 냉그를 바라보다가 잠이 들었습니다.

✳

"이제 프레젠테이션 들을래?"

다음 날 아침 남선 오빠가 찾아와 물었습니다.

"문서로."

몇 년 동안 이 모든 것을 숨긴 것에 대한 불신 때문에, 저는 프레젠테이션이 아니라 축약도 누락도 없는 문서들을 원했습니다. 한 페이지도 빠짐없이 전부를요. 그리고 일주일 동안 그것들을 읽었는데 그래도 20분의 1도 읽지 못했습니다. 복귀일에 복귀하지 못하고 휴가 연장 신청을 낸 건 그래서였습니다.

자기들이 뭐라고 남의 목숨을 가지고 이런 일을 벌였을까요? 남아공 탄광 지하에서 말예요. 제가 아는 기준 오빠는 이런 일에 동의했을 리 없다고 끝없이 의심하면서도, 그렇다고 기준 오빠를 깨워 다시 죽게 둘 수는 없었습니다.

그러는 동안 비공식적인 프레젠테이션이 계속되었습니다. 총 네 팀이 따로따로 찾아와 그간 자기들이 해왔던 일을 늘어놓기 시작한 것이죠. 남선 오빠를 제외하고 두 명 팀이 세 팀, 세 명 팀이 한 팀이었습니다.

첫 팀은 미국 엔지니어들과 함께 기계 의수, 의족과 인공 피부를 개발하고 있었더군요. 근전신호로 움직이는 팔다리는 기대 이상으로 정교했습니다. 저는 기준 오빠의 골육종이 퍼진 위치를 확인하며 생각에 잠겼습니다. 허벅지 가운데를 잘라야 했습니다. 갈비뼈도 들어내야 했고요. 언젠가 함께 계곡물에 발목을 담그고 있었던 때를 생각했고 그러자 발이 차가워졌습니다.

"성능이 좋은 건 알겠어. 그런데 암이 또 재발하면? 그럴 수도 있잖아. 이미 한 번 재발했는데."

"응, 그럴 수 있지."

오빠 1의 눈이 흔들렸습니다.

"척추라든지 다른 부위면? 장기들은 어쩔 거야? 이미 폐와 간이 거의 망가진 형국인데……."

"그래서 네가 우리 팀으로 결정해주면 인공 장기도 개발할 거야."

오빠 2가 믿음이 가지 않는 얼굴로 말했습니다. 저는 눈빛으로 두 사람을 돌려보냈습니다.

오빠 3, 4, 5가 독일 의사들과 연구하고 있던 것은 유전자 치료 분야였습니다. 저는 제 전공이 아닌 것에 대해 읽다 보니 질문이 많았습니다.

"벡터를 뭐 쓴다고?"

"아데노바이러스…… 근데 너 너무 갑자기 반말 쓰는 거 아니냐?"

오빠 5가 불편해했습니다. 그러거나 말거나.

"목적이 뭐야? 어느 유전자를 바꾸려는 거야?

"암 유전자의 비활성화를 노리고 있어."

"이 치료 받은 사람, 몇 명이나 돼? 도리어 백혈병이나 다른 종양이 발생할 수도 있잖아?"

"90년대부터 2천 명 정도, 60퍼센트가 악성 종양 환자였어. 부작용은 없을 거라 확신해."

"어떻게?"

"임상시험을 거쳤으니까."

그때 저는 오빠들이 왜 여기에 와 있는지 깨달았습니다. 식품의약품안전처와 FDA와 EGE와 수많은 다른 기관들을 피해서…… 그리고 윤리를 피해서. 더는 묻고 싶은 기분이 들지 않았어요.

"우리 팀은 나노 엔진을 개발했어."

오빠 6, 7이 일본 과학자들과 개발한 나노 엔진의 우수한 점을 장황하게 늘어놨습니다. 세계 최고 수준의 나노 엔진이라 하더군요.

"그래서?"

"뼈는 뼈보다도 우수한 폴리머로 대체할 거야. 그 부위만 정교하게."

"장기는?"

"지극히 국소적인 항암 치료를 하는 거지."

"근데 이건 엔진이지 로봇이 아니잖아."

"그러니까 우리 프로젝트를 골라주면 더 연구해서……."

몇 년이 더 걸릴 것이고, 몇 년이 더 걸리는 게 정상이지요. 하지만 제가 처한 상황은 정상에서 아주 멀었어요. 저는 고개를 살짝 흔들고 말았습니다.

오빠 8, 9는 앞의 세 팀보다도 극단적인 해결책을 제시하더군요. 중국 팀이 태연한 얼굴로 프레젠테이션을 함께 했습니다.

"뇌 구조와 전기 신호를 복제할 거야."

"그럼 몸은?"

"몸이 왜 필요해? 이 모든 것은 결국 인류가 이 거추장스럽고 암이나 피워내는 몸에서 벗어나기 위한 것 아니야?"

"일단 설명이나 해봐."

"냉동이 중요해. 피를 비롯해 수분 한 방울 없이 뇌를 냉동 처리한 다음……."

"됐어. 나머지는 내가 읽을게."

"네가 사랑하는 게 기준이의 몸이야? 정신 아니야?"

그렇게 틀린 말은 아니었습니다. 그 각지고 나약한 몸을 제가 사랑하긴 했어도, 사실 오빠와 대화만 할 수 있다면 포기할 수 있을 것 같았습니다.

"하지만 나는 오빠들을 믿지 않아. 그 기술이 온전해지려면 적어도 30년은 걸릴 거라고 생각해. 내 눈을 똑바로 보고 말해봐. 벌써 완벽히 준비가 되었다고."

오빠 8은 억지로 눈을 부릅떴으나 9는 시선을 돌렸습니다. 프레젠테이션을 다 듣고 나니 왜 남선 오빠가 저를 이 일에 끌어들였는지도 확실해졌습니다. 남선 오빠는 오빠들에 대한 저의 불신을 신뢰했던 거지요. 말하고 나니 참 이상합니다.

저는 3주를 더 고민했습니다. 정말 고민만 했습니다. 정원의 하마를 구경하면서요. 가까이 가지는 않았습니다. 저는 눈으로 하마를 좇았고 하마도 언제나 저를 의식하고 있었어요. 하마의 표정이 읽히지 않는 얼굴을 뚫어져라 보며, 하마를 이해하면 이 문제를 이해할 수 있을 거란 듯이 고민했습니다.

"마음을 정했어?"

남선 오빠가 뒤에서 다가와 물었습니다. 투박한, 하마도 기절시킬 수 있을 만큼 크고 두꺼운 머그를 들고서요. 저는 그것을 받아 들었습니다. 알 수 없는 맛의 허브 차였습니다.

"1팀에게 허벅지를 맡겨. 그 다리는 어떻게든 살릴 수 있을 것 같지가 않아. 2팀, 3팀을 합쳐 방향을 재설정해. 내가 원하는 건 다음 세대의 유전자 가위야."

"4팀은?"

"대기하다가 기준 오빠가 수술대 위에서 죽을 것 같으면 바로 착수하라고 해."

"수고했어."

✳

이후로 휴가 때마다 남아공에 가서 진행 사항을 체크했습니다. 결론적으로 말씀드리자면, 다음 세대의 유전자 가위를 만들어내진 못했습니다. 하지만 크리스퍼 유전자 가위를 일부 변형, 개선한 유전자 가위로도 충분했어요. 기준 오빠의 골육종과 전이된 암에 걸맞은 면역 세포를 만들었고, 면역 세포의 활동을 저해하는 단백질 문제도 해결했습니다. 한쪽 다리는 한 단계 업그레이드된 기계 의족으로 대체했습니다. 그 모든 것을 기준 오빠의 의식을 깨우지 않은 채로 진행했습니다. 겪지 않아도 될 고통은 겪지 않도록요.

마침내 오빠의 의식이 돌아왔을 때, 저는 그 자리에서 도망가고 싶었어요. 오빠의 눈꺼풀이 움직이는 걸 보며 느낀 감정은 공포에 가까웠답니다. 기준 오빠가 눈을 뜬 다음 모든 게 미친 착오였다고 말한다면, 이런 걸 원하지 않았다고 말한다면……. 저는 뒤로 물러섰고, 남선 오빠가 그런 저의 팔꿈치를 지그시 잡았습니다. 더 이상 물러서지 못하게요.

기준 오빠가 눈을 떴습니다.

의료인 중 한 명이 안약을 넣어주었어요. 그러고도 한참을 초점을 찾지 못하던 눈이 드디어 초점을 찾았습니다.

의아함.

의아함 말고 다른 표정은 떠오르지 않았는데 방에 있는 사람을 훑어보던 그 눈이 저에게 와서 멎었어요. 오빠들이 제 등을 밀었습니다. 무신경한 인간들.

저는 다가가서 기준 오빠 곁에 앉았습니다. 오빠가 말을 하고 싶어 했는데, 목소리가 나오지 않았습니다.

"목소리는 좀 걸릴 거예요. 너무 오래 안 써서."

누군가 알려주었습니다.

"뭐라고요?"

당황해서 좀 화가 난 듯이 말해버렸는데, 그 순간 기준 오빠가 희미하게 웃었습니다. 그것만으로도 충분했습니다.

＊

"내가 뭐에 서명했다고?"

"내가 씨발 이럴 줄 알았어. 이 똥 같은 새끼야, 기억 못 한다잖아?"

기준 오빠는 계약서에 서명한 걸 전혀 기억하지 못했고, 저는 남선 오빠의 멱살을 잡았으며, 공항에 저를 데리러 왔던 무장 경호원들에게 곧바로 제압을 당했습니다. 기준 오빠는 음, 안 보는 사이에 유경이가 화가 많아졌구나, 하고 허탈하게 웃었어요. 자기 일인데 화도 안 나는지 속없이 웃는 게 미우면서도…… 공격성이 저토록 없는 사람이어서 좋아했지, 다시 깨달았습니다.

"뭐, 내가 기억 못 하는 걸 수도 있으니까."

남선 오빠는 또다시 국제적인 전문가들을 불러들여, 기준 오빠의 길고 긴 재활을 지원해주었습니다. 화가 나다가도 고맙긴 고마웠으므로 꾹 누를 수 있었어요. 덕분에 한동안은 평화가 지속되었지요.

그러니까, 특약에 대해 듣기 전까진요.

"특약? 무슨 특약?"

제가 물으니 남선 오빠가 도리어 놀라는 표정을 하지 뭐예요.

"너 계약서 읽어봤잖아. 못 봤어?"

우리 셋은 웬만한 책 두께는 훌쩍 넘기는 계약서를 다시 함께 들여다보았습니다. 46페이지에 작고 작은 주석으로 별첨 문서를 확인하라고 되어 있었지요.

"별첨 문서라니?"

"같은 폴더에 들어 있었을 텐데."

봉투 속에서 구겨진 낱장을 찾아냈는데, 그것은 기준 오빠의 치료에 든 비용을 일부나마 정산할 방법에 관한 것이었습니다. 남선 오빠가 원하는 곳에서 일정 기간 파견 근무를 한다는 내용이었어요.

"그래서 내가 어디 가서 일하면 되는데?"

기준 오빠가 침착하게 물었습니다. 저는 그게 어디든 따라가서 함께 빚을 갚을 준비가 되어 있었고요.

"에우로파."

남선 오빠가 대답했을 때, 유럽을 엄청나게 나쁜 발음으로 말한 것이길 제가 얼마나 바랐던지요.

"유럽 어디?"

"아니, 알아들었잖아. 에우로파."

네, 그 에우로파입니다. 혜정 씨도 잘 아는 에우로파. 목성의 위성이지요. 얼음으로 덮여 있고요. 얼음 아래에는 바다가 있는 그곳요.

"언제까지고 여기 살 수 없잖아. 지구는 끝났어. 먼저 가 있으면 곧 따라갈게."

"뭐라고? 거기가 어떤 덴데 우리더러 가서 죽으라는 거냐? 백 년은 일러!"

"아냐. 내가 잘 준비해놨어. 설명을 다 들으면 화가 안 날 거야. 두 사람은 타기만 하면 돼……."

흥분해서 남선 오빠를 발로 차려고 시도하다가 다시 경호원 두 사람 사이에 대롱대롱 매달리게 되었지만, 그 정도면 정상적인 반응 아니었을까요? 남선 오빠는 얼른 저를 피해 도망쳤습니다.

그날 기준 오빠가 저를 가볍게 안고, 헝클어진 머리카락을 귀 뒤로 넘겨주며 말했습니다.

"너는 오지 않아도 괜찮아. 나는 널 한 번 더 본 것만으로 그 추운 곳에 가서 죽을 수 있어."

저는 기준 오빠의 기계로 교체되지 않은 허벅지 쪽에 앉아 있었습니다. 그 상태로 오빠의 목에 고개를 기대었더니, 더 이상은 하루도 이 관계를 포기할 수 없다는 생각이 들었어요. 멀고 추운 세계에 우리 둘이……. 지질학자와 해양생물학자 둘이……. 남선 오빠가 죽이고 싶을 만큼 미우면서도, 동시에 완벽한 계획이란 걸 인정해줄 수밖에 없었지요. 알고 있었던 겁니다. 제가 기준 오빠와 함께 그곳에 가리란 걸요.

EM드라이브로 움직이는 우주선도, 그곳에 가면 설치하게 될 바이오스피어-5도 자동이어서 우리는 길지 않은 훈련만 받으면 되었습니다. 저는 그제야 기준 오빠의 다리 부품이 중력의 변화와 상관없이, 기묘하게 넓은 온도 범위에서 작동한다고 설명되어 있던 제안서를 이해했습니다. 어금니를 꽉 물었지요.

우주선의 문이 닫힐 때 저는 남선 오빠에게 고함을 질렀습니다.

"너 그러다 망한다? 그렇게 원칙도 윤리도 없이 막살다가 망한다? 너 같은 놈들 때문에 지구가 끝난 거디?"

끝까지 빙글빙글 웃는 얼굴이더라고요. 재수 없어. 저는 고함을 지르다가 조금 울었습니다. 기준 오빠가 장갑 낀 손을 뻗어 제 손을 잡아주었어요.

이제 격렬했던 흔들림은 다 끝났습니다. 선내에서 4년 동안 둥둥 떠다닐 일만 남았습니다. 그나마 몇 년 전까지는 8년에서 10년이었는데 줄어든 거라네요. 울음을 그치고 이 이메일을 씁니다. 혜정 씨, 보고 싶을 거예요. 저는 원래 사람을 안 좋아하는데, 열한 명 중의 한 명 정도만 좋아하는데, 혜정 씨는 그 한 명 쪽이에요. 혜정 씨를 좋아해요. 좋아했어요. 함께 점심을 먹을 때가 하루 중 제일 나은 시간이었습니다.

그러니까 말해도 됩니다. 천체투영관에서 태양계 파트를 틀어주실 때, 목성과 목성의 위성들을 설명하실 때 말해도 됩니다. 저기에 친구가 산다고. 갈릴레이의 위성 중 하나에 친구가 산다고요.

우리가 다시 만나 점심을 먹을 수 있으면 좋겠습니다.

리셋

리셋 원년,
나는 남쪽으로 걷기로 했다

4월 9일

모닥불 근처에는 잘 가지 않는다. 사람들을 믿을 수 없다. 남자도, 여자도, 그 누구도. 한 무리의 노인들이나 아이들이 모여 있는 모닥불도 있었지만 피했다. 아주 절망해 있는 사람들 근처에만 가끔 가보았다. 몸을 일으킬 의욕도 남지 않아 약탈도 강간도 할 수 없을 것 같은 몇 사람 곁에만. 그들이 물었다. 그날 뭘 하고 있었냐고. 거대한 지렁이들이 내려오던 날에.

처음에 지진인 줄 알았다. 경주였으므로, 더더욱. 미리 챙겨놓은 재난 대비 배낭을 챙겨 들고 공터로 갔고, 어둠 속에서 계속되는 진동에 두려워했다. 이제 와선 외계에서 온 거대 지렁이들이 지면에 도착하는 모습을 보지 못한 게 아쉽다. 해가 뜨고야 도심을 헤집고 있는 지렁이들을 보았다. 길이는 75미터에서 200미터 사이, 직경은 8미터에서 20미터 사이로 보였다. 붉은 등과 그보다 약간 흰 배. 몸을 덮은 점액질은 물 위에 뜬 기름처럼 여러 색깔을 품고 빛났다. 왜 하필 경주를? 하고 생각했던 기억이 난다.

당연히 지렁이들이 경주를 특별히 노린 것은 아니었다. 지렁이들은 지구에 존재하는 모든 도시를, 인류 문명을 끝장내려고 내려온 것이었으니까.

4월 11일

생각해보면, 지렁이들이 내려오기 전에 끝나지 않은 게 신기하다. 우리는 행성의 모든 자원을 고갈시키고 무책임한 쓰레기만 끝없이 만들고 있었다. 100억에 가까워진 인구가 과잉생산 과잉소비에 몸을 맡겼으니, 멸망은 어차피 멀지 않았었다. 모든 결정은 거대 자본에 방만히 맡긴 채 1년에 한 번씩 스마트폰을 바꾸고, 15분 동안 식사를 하기 위해 4백 년이 지나도 썩지 않을 플라스틱 용기들을 쓰고,

매년 5천 마리의 오랑우탄을 죽여 가며 팜유로 가짜 초콜릿과 라면을 만들었다. 재활용은 자기기만이었다. 쓰레기를 나눠서 쌓았을 뿐, 실제 재활용률은 형편없었다. 그런 문명에 미래가 있었다면 그게 더 이상했을 것이다.

무엇보다 멸종이 끔찍했다. 멸종, 다음 멸종, 다다음 멸종. 사람들 눈에 귀여운 종이 완전히 사라지면 '아아아' 탄식한 후 스티커 같은 것이나 만들었다. 사람들 눈에 못생기거나 보이지 않는 종이 죽는 것에는 개뿔 관심도 없었다. 잘못 가고 있었다. 잘못 가고 있다는 그 느낌이 언제나 은은한 구역감으로 있었다. 스스로 속한 종에 구역감을 느끼기는 했어도, 끝끝내 궤도를 수정하지 못했다.

모닥불 가의 다른 사람들이 들으면 나를 죽이고 싶어 할지 모르지만, 지렁이들은 제때 왔다. 우리가 다른 모든 종들에게 용서받지 못할 짓을 하기 전에 와줬다는 게 감시할 정도다. 궤도는 가까스로 수정되었다. 나는 배낭에 들어 있던 은박 담요를 덮고 잠들며 가끔 웃는다. 내가 죽고 다른 모든 것들이 살아날 거란 기쁨에. 기이한 종류의 경배감에.

4월 12일

사람들이 죽었다. 지렁이들은 사람을 표적 삼아 공격하진 않았지만 건물들을 집어삼키면서 같이 삼켜버렸다. 그런데 너무 많은 사람이 한꺼번에 죽었으므로, 그리고 그 죽음은 대개 즉시 확인할 수 없는 것이었으므로 감정들은 유예되었다. 1차 세계대전, 2차 세계대전 때의 사람들이 어떻게 제정신을 유지했는지 알 것 같다.

4월 14일

북쪽으로 갔어야 했는지도 모른다. 서울로. 서울에서는 다른 상황이 펼쳐지고 있을지도 모른다. 항상 그런 식이니까. 그렇지만 가고 싶지 않았다. 서른다섯 인생의 절반쯤을 서울에서 보냈는데, 부적응과 포기로 요약할 수 있는 시간이었다. 어느 집단에도 적응할 수 없었고, 다행히 포기해야 하는 시점만은 귀신같이 골랐다. 경주로 온 것은 둥근 무덤 앞의 작은 벤치에서 밀짚모자를 쓰고 책을 읽기 위해서였다. 휴가를 왔다가 그렇게 책을 읽고 있는 여자를 멀리서 보곤, 나도 그렇게 살고 싶었다. 흉내 내고 싶었다. 서울에서 마지막 임금을 떼였던 게 결정적 계기이기도 했고.

마땅한 밀짚모자를 찾지 못해서, 써보는 밀짚모자마다 죽어라 어울리지 않아서 계획은 실천하지 못했다. 대충 아무 밀짚모자나 쓸걸……. 어쨌든 월급 떼먹은 그 새끼도 아마 죽었을 것이다. 지지부진한 소송도 이제는 소용없어졌다. 그 새끼가 죽었을 거라는 생각에 나는 담요를 덮고 웃는다. 이런 은박을 담요로 부를 수 있다면. 하지만 체온을 지켜준다.

경주의 오래된 무덤 사이로 손가락처럼 지렁이들이 솟아올랐을지도 모르고, 지렁이들은 무덤 따위에 관심이 없었을지도 모르겠다.

4월 15일

마지막으로 인터넷에서 읽은 건 지렁이들이 휘빌싱 유기화합물을 추적하고 있을 거라는 내용이었는데, 그중에서도 어떤 것인지 좁혀지기 전에 다운됐다. 연결되어 있다는 느낌이 그리울 때가 있지만 인터넷은 거의 모든 날 끔찍했다. 점점 더 끔찍해졌을 것이다.

4월 27일

울산의 경계를 지날 때 지렁이들을 보았다. 지렁이들에게 일종의 수신기가 부착되어 있는 걸 봤다는 사람이 있다. 먼 거리에선 알 수 없었다. 도시가 부드럽게 젖은 검은 흙에 묻혀가고 있었다. 마치 지반째 가라앉아가는 것처럼 보였다. 지렁이들의 체강에서 액체가 움직이는 소리를 언젠가 들어보고 싶다. 가까이 갈 수 있다면.

흙을 밟자, 무릎까지 빠졌다. 드러난 발목이 따갑거나 하진 않았다. 젖은 흙에서 백합 향이 났다.

**리셋 원년,
나는 북쪽으로 걷기로 했다**

5월 2일

여섯 개의 열쇠 중 하나가 내게 있다. 나는 북쪽으로 가야만 한다. 스피츠베르겐 섬에 어떻게 갈지는 아직 모르겠다. 그 생각을 하면 내 비즈니스 캐주얼 재킷과 5센티미터

펌프스를 내려다보며 울고 싶어진다. 누군가 히스테릭하게 웃는다고 생각했는데 그게 내 웃음이었을 땐 더 겁이 났다.

지렁이들이 내려왔을 때 한창 회의 중이었다. 제네바에서 열린 세계작물다양성재단의 정기 회의였고, 숙소에는 다시 돌아가지 못했으므로 망할 펌프스다. 실용주의자라 라텍스 중창이 든 펌프스인 게 그나마 위안이지만, 북쪽으로 가려면 옷도 신발도 다시 구해야 할 것이다.

5월 6일

배우자와 통화했을 때, 배우자는 잘 피해 있었다. 도시 외곽의 농장에 있다고 했다. 농장주가 기꺼이 피난처를 제공했다는데, 마지막 순간 발휘되는 사람들의 이타심에 대해 생각한다. 꼭 우드스탁 같아, 배우자가 실없이 말했다. 나는 지렁이들이 화학비료에 반응할지 모른다고 경고할까 했지만, 그냥 말을 삼켰다. 그 거대한 괴물들이 다가오면 누구든 볼 수 있을 것이다.

"아이들 소식은 있어?"

내가 물었다. 묻지 않을 수 없었다. 묻지 말아야 했는데. 배우자와 나는 잠깐 함께 울었다. 스물여섯, 스물셋. 내가 지나온 나이를 아이들이 지나지 못할 줄은 차마 몰랐다.

"그럼 이쪽으로 올 거야?"

배우자가 물었다. 그쪽도 묻지 말아야 했다. 우리 결혼은 거짓말의 농도가 낮아서 유지된 케이스였다. 이제 와 바꾸고 싶진 않았다.

"거기에 꼭 당신이 가야 하는 거야?"

다시 물어왔다. 열쇠가 나한테 있으니 내가 가야 한다고 대답했다. 내 일이라고.

"당신 귀 냄새를 맡고 싶어. 딱 한 번만 더."

"그게 무슨 변태 같은 소리야? 평범하게 끌어안고 싶다고 말하라고."

"하지만 당신은 체취가 좋다고."

우리는 잠시 또 함께 울었다. 어떤 운이 따른다 해도 제네바에서 스발바르를 거쳐, 퀸스타운 외곽 농장까지 갈 수는 없을 것 같다. 통화의 기회가 또 있을 것 같지도 않다.

5월 8일

나머지 다섯 개의 열쇠가 오지 않을 수도 있다. 씨앗 저장고 자체가 파괴되었을 가능성도 있다. 사실은 그럴 가능성이 더 높다. 그러나 눈길에 비즈니스 캐주얼을 입은 채 얼어 죽은 백발 해골이 되더라도 나는 가야 한다.

5월 9일

문득 궁금해진다. 지렁이들의 저 기이한 분변토에 다시 씨앗을 뿌리면 어떻게 될까? 어떤 분변토는 거의 탑처럼 보인다.

5월 20일

벨기에 국경에서 친구를 만났다. 젊었을 때 이란에서 함께 일했던 적이 있는 친구였다. 우리는 울면서 서로를 껴안았다.

"난민 캠프를 그대로 숲속으로 옮겼어."

친구는 난민을 받아들였던 경험이 겨우 유럽을 살렸다고 했다. 지렁이들은 숲에 관심이 없고, 유럽의 숲은 빽빽하기 그지없었지만 군데군데 공터가 숨어 있었다.

나는 울면서 친구에게 말했다. 세상이 끝났다고. 아기들은 예방주사를 맞지 못할 거고, 어른들은 마흔이 되기 전에 다 죽어버릴 거라고, 미술관과 박물관들도 다 파괴되었다고, 우리가 세웠던 대책들은 아무것도 소용이 없을 거라고……

"일단 그 구두부터 벗어."

언제나 절망 속에서 일해온 친구가 말했다.

5월 24일

친구가 옷과 신발을 마련해주었다. 플리스와 패딩코트, 내 발보다 약간 작은 등산화였다.

"석유섬유 때문에 지렁이가 널 삼킨다 해도 어쩔 수 없지만."

게다가 재주도 좋게 돛단배를 구해 왔다.

"망할 것들이 바다와 사막에도 있대."

"그러면 지렁이가 아니잖아, 반칙이야."

"애초에 지렁이가 아니니까."

나는 불평했고 친구는 불평하지 않았다.

5월 25일

바다 위의 시추기지를 씹어 삼키고 있다는 지렁이들을 피해, 관광객용 무동력선의 언제 기름을 먹였는지 모를 돛을 펴고 북해를 항해했다.

그 모든 일이 있기 전에 선원이었냐고 선장에게 물었다.

"아뇨, 보험회사에 다녔어요."

그이도 나도 웃어버렸다.

5월 31일

입구의 문은 내 열쇠만으로도 열렸다. 540만 종의 종자들을 보호하고 있는 저 문은, 다섯 개의 열쇠가 더 와야한다. 전쟁과 개발, 태풍과 화산 폭발을 살아남은 씨앗들과함께 다섯 사람을 기다린다. 통조림을 먹고 차를 마시며.

"누군가가 개입했어."

혼잣말이 새어 나왔다. 그건 깨달음에 가까웠다. 국제기구보다 더 큰 단위의 기구가, 지구에 개입하기로 한 것이다. 나는 울면서 웃었다.

A.R. 2년,
나는 동쪽으로 걷기로 했다

6월 2일

"십 대 여자애를 전문가라고 데려왔다고? 십 대 여자애를? 아무리 전문가들이 다 죽었다지만……."

국장이란 사람이 믿을 수 없다는 듯 십 대 여자애라고 두 번 말했기 때문에 나는 미간을 좁히지 않으려 애썼다. 모든 것이 부서져내리는 시대에 국장이란 직함이 아직 대단한 의미가 있긴 한지 내 쪽에서도 비아냥거리고 싶었지만 참았다. 애쓰고 참는 것은 매우 학자적인 태도일지도 모르겠군, 하면서.

"우리가 가진 선택지 중에 앤이 제일 나아요. 내가 보증할게요."

그렇게 말한 건 왕자였다. 아아, 왕자님……. 엄마들은 항상 탄식과 함께 빈 바라스 알 타니 왕자의 이름을 부르곤 했다. 왕자는 지렁이 연구의 가장 큰 후원자였다. 더 솔직히는 거의 유일한 후원자였다. 거대한 외계 지렁이들이 내려와 인류 문명을 파괴하기 전까지는 낚시 미끼 정도로나 여겼을 뿐, 아무도 지렁이에게 관심이 없었던 것이다. 어째선지 지렁이에게 꽂혀 오일 머니를 아낌없이 쓰던 괴팍한 왕자와 한 줌의 빈모강학자들 빼고는.

"저도 언제까지 살지 모르는데 이런 일, 별로 하고 싶지 않아요. 저보다 나은 대안을 찾으실 때까지만 있어볼게요."

"이런 일? 이런 이이일? 인류의 미래를 도모하는 게 이런 일인가? 요즘 애들은."

더블데이 국장은 마음에 들지 않으면 뭐든지 두 번 말하는 습관이 있는 듯했다.

6월 4일

텐트를 배정해주고는 모두 나를 잊은 것 같다. 아직 내가 할 만한 일을 못 찾은 건지도 모른다. 그래서 나는 별로 편하지 않은 간이침대에 누워 엄마들을 생각했다.

지렁이 좋아하는 사람치고 나쁜 사람 없다는 게 엄마들의 지론이었다. 학회에서 만난 엄마들은 동성결혼이 법제화되자마자 결혼했다. 그 결혼식에 학계 전부가 참석했다 해도 과언이 아니고, 내가 봤던 사진 속 연구자들은 샴페인 때문에 지렁이보다 붉어진 얼굴들이었다. 샴페인 좋아했는데. 엄마들은 길고 가벼운 잔에 가끔 1인치쯤 부어주었다.

"기포가 든 술은 조심해야 해. 갑자기 취하거든."

그렇게 충고해주었던 게 어느 쪽 엄마였는지 자꾸 헷갈린다. 탱고를 잘 추던 나바로였는지, 퍼즐을 잘 맞추던 샤이엔이었는지. 아메리카 원주민과 이주민들의 복잡하고 풍부한 결합 끄트머리에 엄마들이 서 있었다.

엄마들이 나를 입양한 건 6년 정도 신혼 생활을 즐기고 나서였다. 환형동물(Annelid)에서 앞부분을 따 내 이름을 지었다고 했다. 남자애였더라면 빈모강(Oligochaeta)에서 따 올리라고 불렀을 거라는 게 잔잔한 의심이다. 의심은 의심이고, 지렁이에 대한 사랑은 유전자를 통하지 않고도 내게 그대로 옮아붙었다. 기억나지 않지만 걷기도 전에 조그만 삽을 조심히 놀리며, 지렁이를 해치지 않고 땅을 파는 법을 배웠다고 한다. 어린 시절 내내 살살 흙을 긁고 있으면 엄마들은 끝없이 나를 칭찬했다.

"저 아인 우리보다 나을 거야. 우린 서른 넘어서야 지렁이가 멋지단 걸 알았잖아. 쟤는 세 살에 알게 됐으니 시작이 달라."

처음엔 그저 칭찬이 고파서 엄마들을 따라다니며 지렁이 박스 위에 젖은 신문지를 덮고, 바나나와 다른 과일 껍질들을 넣어주고, 다른 벌레들의 알을 살살 치웠지만 나도 곧 진심으로 지렁이의 매력에 빠지고 말았다. 과일 껍질들이 검다시피 짙은 색의 부드럽고 촉촉한 비료가 되는 걸 지켜보고, 박스에서 박스로 지렁이들을 옮기고, 우리 집 정원이 다른 어느 집보다 풍성한 것을 확인할 때 자부심이 들었다. 엄마들은 내게 오레곤에 산다는 거대 지렁이 드릴롤레이루스 마셀프레시(*Driloleirus macelfreshi*)를 보여주고 싶어 했다.

"나 딱 한 번 본 적 있거든. 3피트는 충분히 됐다니까. 멋진 녀석이야. 어째선지 백합 향이 나는 체강액을 갖고 있어. 정말 백합 향이랑 똑같더라고. 요즘엔 통 찾을 수가 없으니. 수명이 수십 년은 된다는데 어디선가 잘 살고 있을까?"

"호주의 메가스콜리데스 오스트랄리스(*Megascolides australis*)는 멸종되지 않았으려나? 드릴롤레이루스보다는 작지만 멋지긴 매한가지야. 피부가 연약한 게 문제지만. 조금만 세게 만지면 터져버린대."

"안타까워 죽겠어. 인간들이 죽인 거야. 우리 문명이 멋진 지렁이들을 다 죽여버렸어."

"지렁이만 죽였겠어? 곤충학자들, 조류학자들 다 울고 있다고. 개체 수가 절반 이상 빠진 것 같대."

멸망이, 멸종이, 끝이 오고 있다는 걸 알고 있었던 듯도 한데 엄마들과 내 삶은 이상하게 평화로웠다. 두 학자는 정교수가 되지 못했고, 한 번도 경제적으로 아주 풍족한 적은 없었지만 뭐가 부족하다고 느낀 적도 없었다. 학교 아이들이 레즈비언들이 키우는 거지 애라고 나를 놀려도 그다지 속상하진 않았다. 엄마들이 새 옷을 사줘도 무릎은 금방 흙으로 물들고 그것은 정원사의 숙명일 뿐이었다. 우리는 정원에서 키운 것들을 먹고 낡은 물건들을 수리해 썼다. 엄마들은 내 방 벽에 지렁이들을 귀엽게, 하지만 정확하게 가득 그려줬고 또박또박 학명도 써주었다. 열 살이 되기 전에 학명을 모조리 외울 수 있게 되었다.

"줄지렁이가 좋아, 붉은큰지렁이가 좋아, 회색지렁이가 좋아?"

"줄지렁이."

내 선택은 언제나 줄지렁이였다. 그리고 줄지렁이를 닮은 거대 지렁이들이 지구에 왔고, 끔찍한 뉴스가 연일 나오다가 그마저도 그쳤을 때 엄마들은 깨달았다.

"누군가 우릴 부르러 올 거야."

"그럼 우린 가야 할 거야."

두 사람은 슬퍼하며, 그러나 미묘한 흥분을 숨기지 못하며 내게 이해를 구했다.

"나도 갈 거예요. 어차피 죽을 거라면 따라갈래."

"안 돼. 너는 우리가 아는 걸 모두 알아. 모두까진 아니라도, 거의 다 알지. 우리가 실패하면, 그다음엔 네가 있어야 해."

"나는 스페어야? 그런 거야?"

그때는 엄마들이 나를 보호하려고 그러는 줄 알았는데 지금 생각해보면 정말 스페어로 남겨둔 걸 수도 있을 것 같다. 과보호하지 않는 양육자들이었으니까. 엄마들을 데리러 왔던 지프는 한 대였지만 중간 즈음에 차를 나눠 타고 각자의 길을 가게 되었다. 두 사람이 각자 거대 지렁이를 추적하며 남긴 문서 기록과 영상 기록은 현재 인류에게 가장 소중한 자료가 되었다.

6월 5일

엄마들이 확인한 정보를 곱씹고 있다. 손으로 쓴 메모 같은 건 하나도 남지 않았고, 다른 사람들에게 전송한 것만 남아 있어 간단한 리스트로 추려진다.

◇ 지렁이들은 일회용 우주선으로 내려왔다.

◇ 일회용 우주선의 흔적을 몇 군데에서 찾았는데 규소, 탄소, 텅스텐 등과 함께 이제껏 본 적 없는 종류의 펩티드가 남아 있었다.

◇ 우주선의 외막 안에 펩티드로 된 충격 흡수 구조체가 있었던 것으로 관련 분야 전문가들이 추측하고 있다.

◇ 몸체 길이가 짧은 개체는 75미터, 긴 개체는 200미터에 달한다.

◇ 스트레스를 받으면 점액질을 분비한다.

◇ 각 개체는 10킬로미터에서 20킬로미터 정도 간격을 벌려 활동한다.

◇ 도시를 이루는 거의 모든 구성물을 수확해 분변토로 만든다.

◇ 휘발성 유기 화합물에 민감한 반응을 보인다.

◇ 머리 마디 쪽을 포격하여 죽일 수 있다.

◇ 꼬리 마디 쪽을 다치면 그 부분은 다시 생성해낸다.

◇ 죽은 거대 지렁이는 72시간 안에 분해된다.

◇ 선충을 몸 안팎에 끌고 다닌다. 선충의 종류는 아직 다 확인하지 못했다.

6월 6일

"우리가 궁금한 건 지렁이들을 도대체 누가 내려보냈느냐는 거지."

더블데이 국장이 정체 모를 적에 대한 적의를 담아 '누가'를 강하게 발음하며 말했다. 게티스버그 전투에 참여했던 애브너 더블데이의 후손인 걸까? 군인 집안인지도 모른다.

"망할 지렁이들은 손이 없고 누군가는 우주선을 만들었을 거 아닌가? 지렁이들은 조종당하는 것일 뿐이야."

"조종에 대한 증거가 없지 않습니까? 이런저런 증언이 있었지만, 지금까지 한 마리의 지렁이에게서도 통신 장비가 발견되지 않았습니다."

안경을 쓴 아시아계 여성이 말했다. 저 사람은 누구더라? 레이더에 팔을 걸치고 있는 걸로 보아 관련 전문가인 모양이었다. 나는 고개를 빼고 명찰을 확인했다. 라일라 라이. 사람들로 가득 찬 텐트에 여자는 나와 라일라 라이, 과묵하게 회의록을 작성하고 있는 서기 매디건 씨까지 세 명뿐이었다. 여성 인력을 제대로 활용하지 못해서 인류가 망한 게 아닐까 의심될 정도였다. 나는 라일라 라이에게 친근감을 느꼈고 마음속으로 엘엘이라는 애칭을 붙여줬다.

"몸속에 있는 거겠지! 배 속인지 똥구멍 속인지 숨겨서 가지고 있을 거야!"

더블데이 국장은 엘엘의 합리적인 반문에 짜증을 냈다.

"확인해볼 방법이 있어요."

나는 엘엘의 편을 들면서, 내 효용도 증명하기로 마음 먹었다.

"어떻게?"

"다윈의 실험을 조금 큰 규모로 재현하면 지렁이의 지능을 가늠해볼 수 있을 거예요. 조종인지 아닌지도요."

"다윈?"

"찰스 다윈은 지렁이 애호가였어요."

"그 다윈이?"

우리는 다윈을 사랑했고 다윈은 지렁이를 사랑했다. 다윈의 마지막 저작은 지렁이에 대한 것이었는데 꽤 대중적 인기를 끈 책이었다. 덕분에 다윈이 지렁이의 지능을 시험하기 위해 수백 개의 종잇조각을 오려 지렁이 굴을 막았던 실험 내용이 알려졌고 나 역시 선명히 기억하고 있었다. 다윈은 특유의 꼼꼼한 기록으로 지렁이들의 문제 해결 능력이 예상보다 뛰어남을 증명했다. 다윈만큼의 여유는 없지만, 연장선상의 실험을 하기 위해 우리가 만들어야 할 장애물은 종잇조각보다는 훨씬 큰 것이어야 했다. 그것을 만드는 일은 엘엘과 엘엘의 팀에게 맡겨졌다. 나와 빈 바라스 알 타니 왕자는 엘엘의 팀에 합류했고 말이다.

6월 10일

"나는 이제 가난해."

왕자는 후덥지근한 텐트 밖에서 바람을 쐬다가 대단한 비밀을 말하듯 나에게 속삭였다. 서른아홉이니 나보다 두 배 이상 살아놓고 좀 유치한 감상이 아닌가 싶었다.

"헬기 몇 대 말고 나한테 남은 건 거의 없어. 가난해, 청빈하다고."

"음…… 그것도 꽤 부자라고 할 수 있지 않나요? 이런 시대엔 더욱."

"아냐, 그렇지 않아. 회사 지분도 날아갔고 은행에 있던 돈이나 부동산들도 다 소용없어졌어. 사실 그 모든 걸 내가 관리했던 것도 아니니까 되찾을 방법도 없고 정말 하나도 소용없어졌어."

"대체 왜 홀가분해하는 거예요?"

"나는 못 했지만 누군가는 멈췄어야 했어. 화석연료 산업을, 거기서 파생된 다른 거대 기업들을. 여기저기에 기부와 후원을 하고 또 하면서도 새벽마다 죽고 싶었는데…… 너희 엄마들이 아니었으면 정말 죽어버렸을지도 몰라. 그런데 이젠 얼마나 깊이 잠드는지. 내 가족의 죄가 씻겨나간 것 같아."

"저 말고 다른 사람한테 그렇게 말하면 더블데이 국장에게 멱살을 잡힐걸요. 지렁이들이 내려온 게 반갑다는 것처럼 들리잖아요."

"어쩌면…… 아니, 아니야. 너는 엄마들을 잃었는데 내가 그렇게 말하면 안 되지."

왕자는 특유의 매부리코를 찡그렸다.

"아니에요. 엄마들도 계속 걱정하고 있었어요. 세상이 시궁창으로 가고 있다고요. 엄마들이 끝까지 살지 못한 건 슬프지만 지렁이들이 일부러 죽인 건 아니라고 생각해요. 지나치게 가까이 간 건 엄마들이었다는 거 알아요."

"난 네 엄마들을 정말 좋아했어. 탁월한 사람들이었지."

"그것도 알아요."

이상하게 위로가 되는 대화였기에 남겨둔다.

6월 21일

내가 엘엘을 엘엘이라 부른 이후로 다른 사람들도 그 애칭을 그대로 받아들여 엘엘은 엘엘이 되었다. 당사자도 싫어하지 않았다. 세상이 끝나가도 우리는 친밀감을 소중히 한다.

엘엘이 캘리포니아 데스밸리를 여행하다 재난을 피한 한 무리의 대학원생들을 구조해 왔으므로 인력이 충원되었다. 그 사람들은 너무 말라 있어서 살아 있는 게 놀라울 정도였다. 지렁이들이 우연히 놓치고 간 간이휴게소에서 버터냈다고 했다. 주유소가 폐쇄된 지 오래된 작은 건물이라 파괴당하지 않은 듯했다. 거대 지렁이들은 모래도 얼음도 개의치 않았으므로 운이 정말 좋은 경우였다.

"이건 내 전공이 아니었어."

모두 하루 종일 투덜거리면서도 어찌저찌 돌아가는 팀이 되었다. 하루에 다섯 끼를 먹으며 겨우 힘을 내 거대한, 선인장 섬유로 된 우산 형태의 덮개를 만들어냈다. 수작업이나 다름없이 만들어낸 덮개는 일부러 만든 분절 때문에 어디를 잡느냐에 따라 다르게 접히고 펴졌다. 거대 지렁이들은 일주일 간격으로 굴을 파고 들어가 휴식을 취했다. 그때 주변의 자연물을 끌어다 굴의 입구를 덮곤 했는데, 우리가 만든 덮개를 어떻게 활용하느냐를 살펴 지렁이들의 지능을 알아보려는 게 목적이었다.

"동부로 향하는 80미터짜리 지렁이가 있어. 곧 휴식을 취할 거야."

엘엘이 고심하여 목표물을 점찍었다.

"앤은 남아 있으라고 하고 싶지만……."

미안해하는 엘엘에게 나는 고개를 흔들었다.

"집을 떠날 때 다리 부종을 없애주는 스타킹을 챙긴 건 정말 잘한 것 같아요. 이제 다시는 생산되지 않겠죠……. 많이 걸을 수 있으니 걱정 마세요."

그 스타킹 말고도 꼭 가지고 가고 싶은 것들을 챙기는

데 2시간쯤 걸렸다. 매디건 씨가 떠나기 직전 찾아와 초코
칩 쿠키 한 박스를 내밀었다. 말은 없는 사람이었지만 고마
워서 평소보다 살짝 긴 포옹을 했다.

6월 25일

우리는 드디어 목표 지렁이를 따라잡았다. 트럭은 4일
동안 덮개와 각종 기자재를 싣고 천천히 달렸고, 군에서 쓰
던 이동식 실험실이 느리게 뒤따랐고, 트럭과 실험 차량을
운전하지 않는 사람들은 지렁이의 공격을 대비해 전기 충
전식 바이크로 따로 움직이는 방식이었다. 동쪽으로, 동
쪽으로⋯⋯. 중서부에서 평생을 살았던 나는 서부로 이주
했던 옛날 사람들과 반대 방향으로 향하는 게 공교롭다고
생각했다. 짐마차와 말들과 걷는 사람들을 상상하면서 주
위 풍광을 감상했다. 바이크를 충전하지 못했을 때는 끌고
걸어야 했으므로 대충 비슷하게 복고적인 분위기가 났다.

"저기 있다."

빈 바라스 알 타니 왕자가 금으로 된 망원경을 조절하며
말했다. 아무래도 아직도 부자인 것 같지만 놀리지 말아야
지 싶었다. 지렁이를 보면 엄마들을 닮아 흥분했지만, 나의
흥분은 오해받을 여지가 있어 일부러 숨을 골랐다. 세상을
망하게 한 존재들을 애호하면 부적절하니까.

저녁이 되고 기온이 떨어지자 엘엘이 예상했던 것처럼 지렁이는 굴을 파기 시작했다. 깊고 깊은 굴을 파느라 지렁이가 머리를 묻고 있을 때, 우리는 섬유 덮개를 굴 입구에 갖다두고 퇴각했다. 목숨을 건 실험이었다.

"먹어버리면 어떡하죠?"

"그럴 리 없어. 지렁이들은 지금까지 수많은 식물들을 그냥 지나쳤어. 저 덮개는 백 퍼센트 식물성인걸."

지렁이가 만족할 만한 굴을 파는 데는 몇 시간이 더 걸렸다. 새벽이 되어서야 다시 땅 위로 올라온 후 덮개를 발견해 끌고 가는 것을 적외선 망원경으로 관찰할 수 있었다. 지렁이는 덮개를 한 번에 팍 펼쳐서 굴을 완벽히 덮었다.

"빠른데?"

다들 감탄했다.

"그럼 이제 잡아당겨."

엘엘의 신호로 대학원생들이 미리 덮개와 연결해둔 도르래들을 열심히 돌렸고 덮개가 슬슬 벗겨져 굴 입구가 드러났다. 그러자 지렁이가 약간 짜증 난다는 듯, 다시 아까와 같은 지점을 물고 덮개를 펼쳐 끌어당겼다.

"정확히 같은 지점이군."

다섯 번 더 해보고서야 엘엘은 지렁이가 도형을 이해한다는 것을 받아들였고, 마지막으로 연결된 로프들을 물어뜯어 끊어놓는 걸 보고서는 심각해졌다.

"반응 속도도 그렇고, 전파가 탐지되지 않는 것으로 보아 판단을 직접 내리는 것 같아. 우리가 모르는 방식으로 의사소통을 하는 걸 수도 있지만."

엘엘이 별들이 가득한 하늘을 올려다보며 결론 내렸다.

6월 27일

우리는 지렁이가 버리고 간 굴을 탐사하기로 했다.

"전에도 탐사한 적이 있지만 그때는 제대로 된 도구도 없었고 인력도 없었거든."

엘엘이 조명이 달린 헬멧을 쓰고 로프들을 고리에 채우며 말했다.

"그러니까 이건 제 전공이 아니라니까요."

"고소공포증이 있는데……."

"심해? 놀이기구 못 타?"

"그 정도는 아니고요."

"괜찮아, 놀이기구 탈 수 있으면 이것도 할 수 있어."

다들 투덜거리면서도 엘엘의 지시를 잘 따랐다.

"저도 내려가면 안 돼요?"

성인이 될 때까지 한두 해 남았다고 어린아이 취급받는 것은 싫었다.

"두 번째나 세 번째에. 약속할게."

엘엘이 신뢰 가는 얼굴로 말했으므로 나는 받아들였다.

"우리가 뭘 중심으로 체크하면 좋을까?"

"알, 박테리아, 선충에 대해 알아내야 해요. 점액 샘플을 채취하시면서 알이나 선충이 남아 있나 잘 봐주세요."

"알?"

선발대 중 한 명이 하얗게 굳었다.

"줄지렁이의 경우 1년에 열 개에서 수백 개까지 알을 낳고, 전부 부화하는 건 아니지만 조건이 괜찮으면 하나의 알에서 여러 마리가 태어나요. 다른 종들은 한 마리씩 태어나는 게 보통이고요. 먹이와 환경에 따라 알의 수도 부화율도 변한다고 알려져 있어요. 붉은큰지렁이는 수명이 길어선지 느리게 번식하는 편이죠. 알을 찾아내면 거대 지렁이들의 수명을 알아내는 데 도움이 될 거예요. 먹이에 만족하고 있는지도요."

"우리 문명이 충분히 맛있었는지? 욕 나오네……. 그 알이란 게 어떻게 생겼을까?"

"보통은 레몬 모양에 가깝고 색깔은 짙은 노랑에서 갈색이에요."

"알았어."

엘엘의 강하에 뒤이어 선발팀이 비스듬한, 바닥이 보이지 않는 굴로 내려갔다. 위에 남아 있는 건 초조한 일이었다.

6월 29일

샘플들은 매일 채취되었다. 지렁이가 판 굴 내벽의 끈적한 점액들이 이동식 실험실에서 부지런히 검사되었으며, 누군가 비명을 지르면 저 아래에서 선충을 발견했다는 뜻이었다. 지렁이가 크니 지렁이 선충도 컸다. 사람들이 포획 채에 끌고 올라오는 선충은 뱀에 가까웠다. 굴에 내려갔던 이들은 무척 샤워를 하고 싶어 했지만 간이 샤워실의 수압은 약하고 물도 늘 모자라서 찝찝한 채 견뎌야 했다.

"이 자식들 플라스틱을 먹어……."

엘엘이 멍한 얼굴로 말했다.

"그런데요?"

"네 종류의 선충이 네 종류의 플라스틱을 먹어. 가장 흔히 쓰이는 네 종류고."

"우연치고는……."

"우연일 리가 없지. 우리한테 필요했던 일이잖아. 누군가 설계한 거고 아주 기분 나빠."

나는 엘엘만큼 기분이 나쁘진 않았다. 엄마들이 나를 제로 웨이스트로 살게 한 것은 점점 심해지는 쓰레기 문제 때문이었으니까.

엘엘은 약속대로 나도 굴에 내려가게 해주었고, 나는 굴이 90도가 아니라 비스듬하게 내려가도록 지어진 것이 인상 깊었다. 붉은큰지렁이의 굴 같을 거라 생각했는데 달

랐던 것이다. 굴은 무너질 염려 없이 튼튼했고, 어쩐지 아
늑하기까지 했다. 알은 없었다. 아직 지렁이들의 생식 장면
이 목격된 적도 없다. 인류를 생각하면 안도할 일이었고,
개인적으로는 어쩐지 아쉬웠다.

7월 5일

두 번째, 세 번째 지렁이에게 같은 실험을 했고 팀을 나
누어 굴 탐사도 진행되고 있다. 우리는 점점 동부에 가까
워져간다.

"뉴욕을 볼 수도 있겠네요. 늘 가보고 싶었는데."

"뉴욕이 남아 있으면 말이지."

빈 바라스 알 타니 왕자는 젊은 시절 뉴욕에서 보았던
것들, 만났던 사람들, 했던 일들에 대해 신나게 이야기해주
었다. 왕자는 헬기 한 대를 잃고 침울해하던 참이었다. 추
락한 것은 아니고 부품이 없어서 정비를 하지 못한 채 벌
판 한가운데 두고 와야 했다. 언젠가 지나가던 지렁이가 먹
을지도 모른다.

"다음 지렁이들 좌표가 왔대요. 정말 크다던데."

"아직도 신기해, 지렁이가? 질리지 않았어?"

"아아, 스톤헨지를 가라앉힌 건 지렁이들이라고 그랬잖
아요. 다른 유적지들도요. 천천히 땅 밑의 지렁이들이 문명

을 삼켰다고. 그 과정을 아주 빨리, 거대한 스케일로 보는 거니까…… 질리지 않아요."

"네 엄마들이 자랑스러워할 거야."

그러나 엄마들은 죽음 이후의 세계를 전혀 믿지 않았다. 그럼 지렁이들에게 분해될 뿐이냐고 물으니, 지렁이들은 동물성 물질을 좋아하지 않는다는 말이 돌아왔었고 말이다.

7월 8일

굴 탐사를 위해 팀이 세 개로 나뉜 것은, 주변에 다른 지렁이들이 없다는 점이 확실해지고 나서였다. 엘엘이 한 팀, 빈 바라스 알 타니 왕자가 한 팀, 내가 한 팀을 이끌었다. 팀장이라기보단 마스코트에 가까웠지만, 뭘 해야 할시 충분히 알고 있긴 했다.

"앤 말을 잘 들어요. 나중에 잘 듣지 않았다는 말이 나오면 해고야."

엘엘이 엄포를 놓았다.

"아니, 돈도 안 주면서! 게다가 이런 세상에 해고가 대체 무슨 의미가 있어요?"

툴툴거리면서도 사람들은 날 존중해주었다. 세상이 끝나가는 와중에 존중받게 될 줄은 몰랐다. 팀장이니까, 나는 가장 깊은 밤의 불침번을 서기로 했다. 사람들은 고된 하루 끝에 깊이 잠들어 있었다. 씻지 못한 사람들에게서 백합 향이 났다.

언덕 너머로 비행물체 하나가 내려올 때에도 사람들은 깨어나지 못했다. 나 역시 다른 사람들을 깨울 생각은 없었다. 더블데이 국장이 어디선가 부서지지 않은 전투기를 찾아낸 모양이라고 생각했기 때문이다. 우리가 동쪽으로 향한 이후로 연락이 되었다 되지 않았다 했는데, 급히 할 이야기가 있으면 충분히 비행기를 보낼 만한 사람이었다.

나는 손전등을 하나 들고 후드 집업을 끝까지 썼다. 추워서라기보단 덤불 때문이었다. 중간에 잠시 방향감각을 잃었지만, 작은 빛이 보여 착륙 지점을 향해 갈 수 있었다. 활주로도 없이 착륙하다니 대단하다 싶었다. 어쩌면 전투기가 아니라 호버 종류일지도 모른다는 기대와 함께, 피부를 까슬까슬 긁는 잔가지들에 눈이 찔리지 않으려 조심하며 나아갔다. 아주 가까이 가고 나서야, 전투기도 호버도 아닌 전혀 모르는 비행체임을 깨달았다. 그리고 그 비행체가 지렁이들이 타고 온 것과 아주 비슷하다는 것도.

금속판들이 찌그러지듯 열렸고, 우리가 예상하던 것처럼 일회용에 가까워 보였다. 열린 틈으로 펩티드 구조체가 녹은 채 흘러나왔고, 분해되기 전에는 벌집 구조에 가깝다는 걸 알 수 있었다. 나는 덤불 속에 얼어붙어 있었지만 다행히 손전등을 제때 끌 수 있었다. 수백 명의 사람이 걸어 나왔다. 지렁이가 아니라 사람이. 외계인이 아니라 사람이.

"올리, 여기가 맞을까요?"

누군가 묻자, 맨 앞의 남자가 고개를 돌렸다. 남자는 공기 냄새를 맡는 듯 매부리코를 이리저리 바람 속에 내맡겼다. 어쩐지 익숙한 코 모양이었다. 올리라니, 꼭 엄마들이 다른 차원에서 내가 아닌 다른 아이를 입양했더라면 지었을 만한 이름이었고 그 시점에 그 이름을 들으니 기이할 정도였다. 내가 좀 더 몸을 숙였을 때, 올리가 말했다.

"여기가 아니라, 지금이 맞냐고 해야지."

"맞는 것 같아요?"

다른 차원이 아니고 미래. 우주선이 아니고 타임머신. 한순간의 충격적인 이해가 뇌신경을 태울 것만 같았다.

올리는 아마도, 미래의 내가 가까운 관계인 어떤 이기에게 지어줬을 이름. 엄마들을 기억하며 농담처럼 지어줬을 이름. 아기가 아닌, 중년의 올리는 적외선 망원경 비슷한 물건을 꺼냈고 나는 덤불도 나를 가려주지 못할 걸 알면서 바닥에 엎드렸다. 땅은 차가웠고, 내 체온은 내 위치를 그대로 드러낼 참이었다. 올리는 언덕에서 이리저리 망원경을 움직였다. 활동하고 있거나 굴속에 잠시 몸을 누인 지렁이들이 보일까? 근처에 남아 있는 지렁이는 없을 텐데. 올리는 점점 각도를 바꾸어 내가 있는 곳을 바라보았고……

아무 일도 없었다. 나는 망원경 각도에 걸리지 않았다고 판단했다.

"마무리하고 슬슬 움직이기로 하지."

올리를 포함한 대여섯 명의 사람들이 땅에다 무언가를 한참 그렸다. 나머지 수백의 사람들은 침낭 등을 꺼내 잠시 쉬는 듯했다. 나는 엎드린 채 점점 차가워졌다. 배가 시리다 싶었을 때 그들은 만족한 듯 자신들의 작업을 내려다보더니 쉬고 있던 사람들을 일으켰다. 긴 행렬을 이루어 서쪽으로 향했다. 살짝 서남쪽이었다. 우리 일행과는 마주치지 않을 방향이었다.

안전해졌다 싶었을 때 몸을 일으켜 미래의 사람들이 남겨놓은 것을 보러 갔다. 추위 때문인지 긴장 때문인지 토할 것 같았다. 메시지가 남아 있었다.

앤, 모른 척해줘요. 지구(Earth)를 위해, 지렁이(Earthworm)를 위해.

어째선지 나는 왈칵 울어버렸고, 어떻게 해야 할지 바로 결정해야 함을 깨달았다. 다음 불침번을 설 사람의 알람이 울리기 전에.

다시는 생산되지 않을 스니커즈 바닥이 닳도록 메시지를 지우고 나자 울음이 그쳤다. 지렁이를 보낸 것은 나였다. 미래의 나. 모든 것이 잘못된 후의 내가 세계를 수정하기 위해. 나 혼자만 한 것은 아닐 테지만 그 설계에 참여한 것만은 분명했다. 어쩐지 그 모든 것이 너무 익숙하다고 생각했었다.

지구를 위해, 나는 서쪽으로 가는 사람들을 내버려두었다. 야영지로 돌아가 다음 불침번을 깨웠고, 뜬눈으로 지새우고 난 다음 아침에는 계속 동쪽으로 가기로 마음먹었다.

A.R. 74년,
나는 서쪽으로 걷기로 했다

8월 1일

지표면에 올라온 지 이제 두 달째다. 지표 사람들은 내가 언제고 돌아가버릴 거라 생각하는 것 같다. 일을 하다가 잠깐 쉬고 있으면, '저 녀석 다시 땅 밑으로 기어들 거야.' 하듯이 서로 눈길을 주고받는다. 지하도시에서 자랐다 해도 눈치가 없는 건 아닌데⋯⋯. 그래도 나른하게 못

본 척한다.

나는 과일나무 아래에 클로버를 키운다. 클로버가 풍성하게 자랄수록 지렁이들도 많아지고 작물들도 곰팡이나 다른 병충해를 입지 않는다. 지렁이들에게 그렇게 당해놓고 지렁이 농법으로 결국 안착한 것은 다소 우스운 일이다. 목 뒤가 까맣게 타서 피부가 벗겨지곤 했으므로 늘 수건을 목에 걸고 있다. 지하도시에서는 언제나 짧은 머리였는데, 땅에 올라온 이후로 머리를 자르지 못했다. 목이 간질간질하지만 표정을 가릴 수 있는 것은 좋다. 햇볕을 가리기 위해 기르는 것도 나쁘지 않을 것 같다. 내 피부는 너무 오래 지하의 인공조명에 익숙해 있었던 모양이다.

여기는 한때 싱가포르였다고 한다. 남아 있는 사진들을 이리저리 돌려보고 맞춰보아도 전혀 상상할 수 없는데, 원래도 녹지가 많은 곳이었기에 더 흔적도 남지 않았을 거라고 지표 사람들이 그랬다. 리셋 이후로 식물들이 지표를 다시 디자인했다. 리셋 이전에 태어난 사람들은 이제 거의 남지 않았지만, 전해 들은 과거에 대한 향수가 남아 있어서 머라이언을 찾으려고 무던히들 애썼다. 특히 발굴팀이 그랬다. 머라이언은 여러 개였다는데 아주 큰 것들도 있고 작은 것들도 있었다고 한다. 다른 아름다운 건축물들과 함께 산산이 조각났지 싶고, 상상 속에서 흰 머라이언이 빌딩만 해진다. 관광상품용으로 만들어졌을 냉장고 자석들은 몇 개 본 적 있다. 의회에서 허락이 떨어지면 머라이언을 재건할지도 모른다. 설마 그 정도 세운다고 지렁이들이 또 오진 않겠지.

내가 자란 지하도시는 오차드 거리가 있었다던 곳 근처였다. 부자들이 모종의 목적으로 지어놓은 벙커였는데, 거대 지렁이들이 눈치 없이 그 근처에 굴을 파고 쉬는 바람에 부자가 아닌 사람들도 들어갈 수 있게 되었다. 지렁이 굴과 다른 지렁이 굴, 지렁이 굴과 기존의 지하시설을 이어 도시를 건설하는 방법은 미국의 더블데이 팀에서 개발한 것이다. 리셋 시대의 영웅들인 셈인데, 그 팀에 아시아 여성인 라일라 라이가 있었다는 것이 어릴 때의 큰 자부심이었다. 최연소 멤버였던 앤 나바로의 나이쯤 되었을 때는 어떻게 비슷한 나이에 그렇게 똑똑하고 용감할 수 있었을까 감탄했다. 나는 거대 지렁이를 한 번도 보지 못한 세대에 속하니, 그 격변의 시대를 사람들이 제정신으로 견뎌냈다는 게 놀라울 뿐이다.

8월 5일

"지렁이를 직접 보고 싶은 마음은 없어?"

"매일 보는데?"

"아니, 내 말은 거대 지렁이들 말이야."

옆 침대의 이샤크가 물었다. 이샤크는 발굴팀에서 일해서 그런 쪽에 관심이 많은 듯하다.

"앤 나바로가 다시는 나타나지 않을 거라고 했잖아. 그 지렁이들은 번식을 하지 않았고 알은 하나도 발견된 적이 없어."

"그래도 어딘가에 한 마리 남아 있다면?"

"……그렇다면 보고 싶네."

"박제라도 해두지. 실물이 궁금해."

"한두 마디 정도 남은 게 있다던데, 동굴 같다더라. 어쨌든 그 커다란 몸들이 순식간에 분해되어버렸다니, 참 깨끗한 동물이야."

지렁이는 전설로 남아 있고, 어릴 때 징징거리거나 물건을 망가뜨리거나 하여튼 어른들이 싫어하는 행동을 하면 '말을 듣지 않는 아이는 지렁이가 와서 삼켜버린다' 같은 말을 들었다. 학교에선 인류가 리셋에서 배운 것 없이 잘못된 방향을 택한다면 다시 지렁이들을 불러오고 말 거라고, 지렁이를 보지 못한 세대에게도 교육시켰다. 하늘 위의 관리자들이 있다는 것, 우리를 계도하려고 지켜보고 있다는 것은 약간 기분 나쁜 종교처럼 느껴졌다. 그래서 나는 그 점에 대해서는 별로 생각하지 않고 살기로 마음먹었던 것 같다. 사실 아이들보다는 어른들이 지렁이를 더 두려워했던 게 아닌가 생각이 드는 건 요즘이다.

두려움을 원료로 인류는 다음 단계로 나아갔다. 지렁이들이 다다르지 않았던 땅 깊은 곳에 도시를 지었고, 지열 발전으로 에너지를 만들어냈고, 어떤 쓰레기도 도시 밖으로 내보내지 않았다. 자원은 도시 안에서 끝없이 순환되었다. 주된 위기는 지진이었다. 초기에는 암반을 잘못 건드려서 지진이 일어났던 적도 있고, 애초에 지진 지역인 경우 지하도시는 훨씬 위험했다. 시행착오를 거치고 천천히 요령을 깨치며 문명을 다시 이룩해내야 했다. 지렁이들이 오기 전보다는 분명 덜 폭력적인 문명이고, 어쨌든 병원도 학교도 있으니 리셋이 모든 걸 리셋한 건 아니어서 다행이다.

8월 6일

비옥해, 라고 나는 자주 중얼거린다. 쟁기로 땅을 갈지 않고, 클로버와 낙엽 말고는 비료도 쓰지 않는데 너무나 비옥해서 내내 감탄하게 된다. 지표에서만 식량을 생산하는 것은 아니고 지하도시에도 하이드로팜이 있지만, 요새 지상농장의 생산량은 확실히 상승세에 있다. 지렁이들이 돌아오지 않을 거라는 게 거의 확실해졌으니 농장 영역을 더 넓히자는 사람들도 있는데 그것엔 반대하고 싶다. 인류가 지하로 들어가고 지상을 다른 종들에게 내어준 건 꽤 괜찮은 분배였던 것 같다.

농장 근처를 기웃거리는 동물들이 좋다. 더 자주 볼 수 있었으면 하고, 그런 우연한 조우들이 지상의 삶을 택한 중요한 이유이기도 했다. 크게 위험한 것들은 없다. 원래 가축이었다가 해방된 동물들도, 억눌려 있다가 다시 번성한 야생 동물들도⋯⋯. 숲속엔 공작이 공룡처럼 번식했다. 울음소리도 공룡 같고 싸우기라도 하면 더 공룡 같다. 물론 거대 지렁이를 본 적 없는 것처럼 공룡도 본 적 없지만 충분히 상상할 수 있다. 요새 유난히 즐거움을 주는 건 똑똑하고 즐거운 돼지들이다. 울타리를 어떻게든 헤치고 들어와 과수원에 때 이르게 떨어진 과일들을 주워 먹는다. 쫓아내는 게 일이지만 영리하고 애교스러운 동물인 것 같다. 지나치게 다가가거나 만지거나 먹이를 주면 곤란해져도 구경 정도는 괜찮다. 지하도시에서 삶은 쾌적했지만 깊은 땅속 지압을 견딜 만한 다른 종은 없기에 오로지 인간뿐이고 그건 좀 심심했다. 리셋 시기를 살아남은 반려동물들이 적었던데다, 종차별 금지법 이후로는 새로 반려동물을 교배하거나 야생동물을 길들이지 못하게 되었으니 정말 인간뿐이었다. 대신하여 보송보송 옷을 입힌 인공지능들을 키우긴 했지만 동물과는 달랐다.

종차별 금지법이 사람들을 좀 외롭게 만들었는지는 몰라도 크게 봐서 옳은 방향이었단 건 모두 인정하고 있다.

지하도시 초기에 수인성 전염병에 몇 번 크게 피해를 입은 후, 울며 겨자 먹기로 사람들은 가축의 개념과 실재에 마침표를 찍었다. 오리를 죽여 개에게 먹이는 걸 그만두기로 한 것이다. 마지막 반려동물들이 평화롭게 수명을 다한 후 그것으로 끝이었다. 인류가 다른 종들을 노예로 삼고, 학대하고, 말살했기에 지렁이들이 온 거라고 말하는 이들도 있었다.

인류는 더 이상 인류를 위해 다른 종을 굴절시키지 않는다. 울타리 밖의 돼지들을 몰래 바라보면 마음이 평화로워진다.

8월 10일

발굴팀에 차출당했다. 오래는 아니고 일주일 정도, 그쪽의 부족한 일손을 돕게 되었다. 이샤크가 있는 팀이라 덜 어색할 것 같다.

"아미와 이샤크는 정말 친한가 봐?"

팀장이 사교적으로 말을 걸었지만 나도 이샤크도 어색하게 웃었을 뿐이었다. 대충 또래고 여기 와서 우연히 룸메이트가 되었을 뿐, 그렇게까지 가깝진 않았다.

발굴팀 사람들은 자주 흥분하고 자주 화를 낸다. 흥분할 때는 흥미로운 것을 찾았을 때고, 화를 낼 때는 과거의 파괴적인 흔적을 이해하기 어려울 때였다. 거대 지렁이들은 믿을 수 없이 꼼꼼했던 모양이지만 그들도 실수는 했다. 흙 속에 통째로 파묻히다시피 한 재고 창고를 발견했을 때 우리는 재고라는 개념에 충격을 받았다.

"데드 스톡은 데들리 했네."

팀장이 싸늘하게 중얼거렸다. 수요를 한참 웃돌게, 아무도 원하지 않는 물건들을 생산했다니 과거의 풍요로움이란 굉장히 기분 나쁜 풍요로움이었던 것 같다. 이어 작은 동물원의 흔적을 찾았을 때는 여러 사람이 토했다. 윤리는 본능적인 비위에 가까운 것 같으면서도 짧은 시간 동안 급격히 변화하기도 한다는 점이 흥미롭다.

오후 내내 발견한 것들을 분류해서 적재했다. 백 년 전에 생산되어 아주 못쓰게 된 물건들도 있었지만, 여전히 쓸 만한 물건들도 많았다. 지하도시의 순환 시스템으로 오래된 재고들이 흡수되었다.

8월 18일

작업을 마친 다음 서쪽으로, 서쪽으로 걸었다. 노을이 근사한 날이어서 멈추기 싫었다. 어둡기 전에 돌아갈 수 있을 만한 거리를 가늠해 한계까지 걸었다. 이샤크가 길고 긴 쾌감 패턴을 받았기 때문에 방을 양보하고 긴 저녁 산책을 하기로 한 것이다. 이번 세기의 가장 큰 업적은 광케이블을 기존의 40퍼센트까지 복구한 것이다. 리셋 이후 위태로워 졌던 전 지구적 연결성을 다시 누릴 수 있게 되었다. 그리고 광케이블을 타고 쾌감 패턴들이 오간다.

인류 최초로 섹스를 하지 않는 세대라고, 윗세대들은 우리를 놀리듯이 부른다. 섹스를 스티커로 교체해버렸다고 말이다. 하지만 쾌감 패턴 쪽이 훨씬 즐겁다. 최초로 쾌감 패턴을 만든 것은 엘엘로 알려져 있는데, 확인되지 않은 사실이다. 여러 세대를 거쳐 최근에는 쾌감 패턴을 만드는 데 특출한 재능을 가진 패턴 마스터들이 등장했다. 마스터들이 만든 패턴은 아마추어의 생산물과는 수준이 달랐다. 어릴 때 '너를 생각하며 이 패턴을 만들었어' 류의 메시지와 함께 서툴게 만든 패턴을 먼 곳의 친구와 주고받았던 게 약간 쑥스러워질 정도다. 근사한 패턴을 즐기고 나면 해달한 사람처럼 무욕해져서 주변의 누군가와 뭔가를 하고 싶은 기분은 들지 않는다. 또 서로가 만든 패턴이 무척 취향이라고 해서 굳이 누군가를 직접 만나러 가고 싶어지지도 않는다.

적정 인구 수를 유지하는 게 지하도시들의 과제였으므로 쾌감 패턴은 때에 따라 권장되거나 탄압받기도 했다. 웃기는 일이었다.

8월 19일

비행기가 뜬다고 해서 구경을 갔다. 한 번 날 때 20만 리터씩 항공유를 쓰는 비행기들이 하늘에 수천수만 대씩 항상 떠 있던 시대가 있었다는데 상상하기 어렵다. 이제 비행기가 뜨는 것은 무척 이례적인 일로, 긴급히 자원을 교환해야 하거나 1년 단위로 이주 신청자들을 전송할 때나 사용된다. 이주는 각 도시끼리 긴밀히 협의하고 숫자를 맞춘 후 이뤄지므로 어떤 경우에는 꽤 오래 대기해야 한다.

"지금은 아니지만 언젠가 이주할지도 몰라."

이샤크는 추운 곳에서 살아보고 싶다고 자주 말한다. 스키도 스케이트도 타보고 싶다고. 나는 그런 것에는 관심이 없지만 아프리카에 가보고 싶다. 거대 지렁이들이 사하라 사막을 지구에서 가장 비옥한 토양으로 바꾸었다는데 직접 가서 확인해보고 싶다. 작년에 거기서 수확되었다는 포도 사진을 보았고 사진 속 포도 알이 주먹만 했는데 정말인지, 맛은 어떤지 궁금하다.

8월 22일

지하도시에서 보급품이 왔다.

"새 옷이 필요해요?"

나눠주는 사람이 내 작업복의 무릎 부분을 유심히 보며

물었다.

"바지만요."

자갈에 닳아 아슬아슬한 상태여서 여분을 받아두기로 했다. 다행히 내 사이즈가 있었다. 농장에서 다양한 작물을 재배하지만, 섬유의 재료가 될 만한 것은 일부러 재배하지 않는다. 오래된 옷들을 고쳐 입거나, 분해해서 다시 직조하거나, 가끔은 지렁이들이 놓친 페트병들로 제작하기도 한다. 나처럼 작업복으로 1년 내내 지내는 축도 있지만 여전히 대부분의 사람들은 아름다움을 추구한다. 물려 입는 옷들은 보물이 되었고, 특별한 날에만 주로 입는다. 한계가 있는 환경에서 한층 재능을 빛내는 디자이너들이 꾸준한 성과를 이뤄왔고 말이다.

작업복들은 재직조된 것들이라 갈색과 푸른색이 미묘하게 섞여 있다. 균일하게 염색이라도 해서 췄으면 하고 투덜 내는 사람들도 있는데, 들여다보면 다른 실들이 섞여 있는 게 재밌어서 나는 좋아하는 편이다.

"하지만 옛날 영화에 보면 노예나 수용소 사람들이 이런 포대 같은 걸 입던데."

투덜거리면서도 각자가 조금씩 변형해서 입는 걸 지켜보는 게 즐겁다. 소매를 바꾸고, 장식을 달고, 직접 염색도 하고, 주름도 잡는다. 이번에 받은 건 무릎을 덧대어볼까 한다.

8월 24일

엔터테인먼트 산업은 리셋에 가장 영향을 많이 받은 분야 중 하나였다. 한때 2백여 개의 채널이 있었고, 매주 다른 영화가 영화관에 걸렸다는 걸 믿을 수 없다. 지렁이들은 스튜디오들을 삼켰고, 카메라들을 삼켰다. 한 번 쓰고 버려지는 소품을 만들 여유는 더 이상 없었다. 상황이 그렇다 보니 새 프로그램이 나오면 첫 에피소드는 열렬한 환호 속에 상영회를 한다.

과거에 만들어진 시리즈들도 종종 소비되긴 하지만 사실 좀 시들하다. 온전하게 보존된 경우보다 듬성듬성 에피소드가 빠진 쪽이 더 많고, 리셋 이전의 콘텐츠들은 폭력적인 장면이 많아서 보기 괴로울 때가 잦기 때문이다. 마음에 안 든다고 기껏 만든 커다란 케이크를 바로 쓰레기통에 넣거나 하는 모습을 우리는 웃으면서 볼 수 없다. 밀집 사육을 아무렇지 않게 생각하는 사람들이 인간만을 사랑하는 모습은 어딘지 속을 불편하게 한다. 그 모든 재앙을 불러온 과잉 사회의 면면이 괴로워서 주요 줄거리에 집중하기 어려운 것이다.

"오늘 상영회에서 하는 건 무슨 영화래?"

거대한 스크린이 걸리는 걸 구경하며 내가 물었다.

"시간여행에 대한 거래."

"그래?"

"약간 음모론 같은 건가 봐. 지렁이들이 외계에서 온 게 아니라 미래에서 온 거였고, 지렁이를 보낸 사람들도 리셋 시기로 돌아가 섞여서 함께 살았다는 그런 가설 있잖아."

"말도 안 돼. 그러면 지금 우리가 타임머신을 만들어야 하는 거잖아."

"아니, 우리는 바뀐 미래에 살고 있는 거지."

"어느 쪽이든 됐다 그래. 그런 거 진지하게 믿는 사람들 있더라."

어이없는 내용일 거라 생각하니 김이 빠졌지만, 의외로 영화는 괜찮았다. 막 사랑에 빠진 두 빈모강학자들이 데이트를 하다가, 호텔에서 자살 시도를 한 빈 바라스 알 타니 왕자를 구할 때는 나도 모르게 눈물이 났다. 두 사람의 딸인 앤과 빈 바라스 알 타니 왕자가 십수 년이 흘러 다시 만나게 될 때도……. 앤을 맡은 배우가 내가 상싱하면 앤을 닮아서 만족스러웠다. 엘엘의 역할을 맡은 배우는 엘엘의 번뜩이는 지성을 잘 표현하지 못해 별로였다. 안경만 쓰면 뭐하나, 안경 너머로 번뜩여야지 싶었던 것이다. 엘엘의 손자인 올리 타니-라이 청이 제공한 자료와 당시 서기였던 매디건의 꼼꼼한 기록을 기반으로 한 덕분에 전반적으로 아주 황당한 내용은 아니었다. 몇 년 전부터 올리 타니-라이 청이 실종되었다는 루머가 심심하면 기승을 부려 음모론을 더욱 부추긴 듯싶다.

8월 25일

명절이라서 지하 도시로 돌아왔다. 오랜만에 나선 에스컬레이터를 타니 약간 멀미가 나는 것 같았다. 한 칸이 차 두 대를 세울 수 있을 만큼 크고, 완만한 곡선을 그리며 천천히 내려가지만 미묘하게 울렁거렸다. 평소에 쓰는 엘리베이터 쪽이 나은데, 많은 사람이 한꺼번에 움직일 때는 효율이 떨어지니 어쩔 수 없는 일이다.

"얘 까맣게 탄 거 좀 봐, 피부암에 걸리고 말 거야!"

"너 정말 계속 지표에서 지낼 거니?"

지하도시 사람들이 잔소리를 해댔고, 나는 일일이 대답하기 귀찮아서 최대한 구석 자리를 차지하려고 애썼다.

지구상에서 마지막 거대 지렁이가 죽은 날을 기념하는 '해방의 날'을, 시차를 두고 지구 곳곳에서 기념하는 일은 꽤 근사하다. 당시 통신 상황이 그렇게 좋지 않아서 정확한 날짜를 두고 말이 많았지만, 상의 끝에 25일로 정했다고 한다. 사람들은 장난스럽게 길쭉한 지렁이 모양 빵을 만들어 마디마디를 썰어 먹는다.

"지렁이가 왜 웃고 있어요? 이상하잖아."

"음, 뭐, 괴로워하게 만들면 더 이상하겠지."

지나치게 웃고 있는 머리 부분은 한참 남아 있다가 식욕 좋은 사촌의 입으로 들어갔다.

"행진이랑 쇼 보러 가야지."

주로 학생들이, 리셋 시대의 영웅들 분장을 하고 개미굴 같은 거리를 행진했다. 더 이상 대량 생산되지 않는 악기들은 소중히 다루어져서 개중에는 2백 년쯤 된 것도 있다고 들었다. 악단의 연주는 매번 비슷한 레퍼토리지만 신났다.

밤의 정점은 불꽃놀이를 흉내 낸 홀로그램 쇼로, 초기에 진짜 불꽃놀이를 무리해서 하려다가 몇 번의 웃지 못할 사고가 난 이후 타협한 결과물이었다. 진짜 불꽃놀이를 기억하는 사람들은 몇 되지 않았다.

"저런 건 가짜야. 진짜 불꽃이 아니면 감흥이 없다고."

"무슨 소리야? 진짜 쪽이 훨씬 시시했어."

의견이 갈리는 문제였다.

8월 26일

사이렌이 울렸다. 쇼를 보고 늦게 잠든 데다 오랜만에 마신 술의 영향도 있어 머리가 무거웠다. 덜 깬 채 간격을 가늠해 보니 우리 도시의 위기 상황 때문에 울린 것은 아니었다. 곧 안내방송이 나왔고, 결연도시 근처에서 화산이 폭발했음을 알게 되었다.

"발리에서 폭발했대."

방 밖으로 나가자 모두 심각한 얼굴이었다.

"도시 입구가 막힌 모양이야."

"지진은?"

"건축물 몇 개가 메인 통로에서 분리될 수준이었지만 심각하진 않고, 방마다 비상식량과 산소발생기가 있으니까 일단은 괜찮을 거야."

"요그야카르타 쪽엔 장비가 있나?"

"있는데 모자라. 우리도 준비되는 대로 바로 출발해야 할 거야."

구호팀에서 자원자를 받았다. 나는 리스트에 이름을 등록해야 할까, 말아야 할까 고민했다. 배를 타본 적이 없어서 괜히 따라갔다가 더 짐이 될까 두려웠던 것이다. 급히 출발해야 하는 모양인데 명절 직후에 다들 뻗어 있는 상태라 담당자는 곤란한 듯 서성거렸고, 그 모습을 보니 멀미가 두려웠지만 나라도 신청해야 할 것 같았다.

구조 장비들은 지표의 교묘하게 은신해둔 기지에 이미 준비되어 있었다. 100명이 조금 안 되는 수의 자원자들은 대형 운송트럭에 올라타 간이 안전벨트를 맸다. 하버 프론트까지 1시간 정도 걸렸고, 거기서 배를 탔다. 풍력 에너지와 태양광을 동시에 이용하는 에너지 필름으로 움직이며 배터리도 보조하는 배라고 했다. 오랜만에 큰 탈것들을 연달아 타니 정신없었다.

"아미 씨는 배가 처음이라고요?"

"네, 멀미할까 봐 겁나요. 나선 에스컬레이터만 타도 힘들어서요."

다행히 심한 고생은 하지 않았다. 날씨가 좋았기 때문일 테고, 그 날씨를 즐기는 건 우리만이 아닌지 물밑으로 물고기들이 어마어마했다. 다 죽어버린 줄 알았던 산호들이 겨우 회복세에 접어든 건 몇 년 되지 않은 일이고, 우리 배는 산호 군락을 피하기 위해 조심히 움직였다. 나는 난간 위로 목을 빼고 물밑을 구경했다.

"물 반 물고기 반이 농담이 아니었군요. 이렇게 많아도 되는 걸까요?"

"뭐, 이젠 자기들끼리 알아서 하겠죠."

종차별 금지법이 시행되며 마지막 양식장이 철거되었고, 이제 인류 문명은 물고기 한 마리도 가두고 있지 않았다. 바다를 식량 창고로 여기던 풍습은 사라졌다. 묶인 생명도 갇힌 생명도 없이 미지의 영역으로 나아가고 있다……. 종종 지진이나 화산이 좀 방해하지만.

"재앙을 만난 사람들을 도와주러 가고 있잖아요, 그거 문명이 잘 굴러가고 있다는 소리예요."

누군가 말했고 나는 리셋 이전의 괜찮은 부분은 보존되었다는 그 의견에 동의했다. 난간 너머로 고개를 너무 숙이고 있었더니 역시 멀미가 났다.

8월 27일

새벽에 도착해서 해 뜰 때까지 눈을 잠시 붙이고 작업이 시작되었다. 요그야카르타, 팔라완, 호치민 사람들은 우리보다 먼저 도착해 있었다. 다행히 공기 상태는 좋았고 더 이상의 폭발은 없을 것 같았다. 우리는 남아 있는 포인트에 자리를 잡고 용암 길을 다른 방향으로 돌린 후, 이미 굳은 부분은 파 내려가기 시작했다. 기계가 80퍼센트 이상의 일을 하지만 섬세한 작업이 필요할 때는 자원자들이 투입되었다. 눈썹이 내 땀들을 다 막아주지 못했다. 손수건을 더 챙겨 왔어야 했는데.

예상보다 사태가 심각해서 메인 통로까지 일부 붕괴된 상태였지만, 분리된 건축물들이 흙 아래에서 금세 발견되었다. 탱크를 열기 전에 신호를 보냈다. 통, 통 치자 반대쪽에서도 통, 통 소리를 냈다. 힘찬 소리로 안에 있는 사람들은 무사하다는 걸 알 수 있었다. 그때 나머지 네 도시의 사람들이 서로를 보며 지었던 어떤 표정을 영영 잊을 수 없을 것만 같다. 첫 순서로 구출된 사람들이 바깥 공기를 들이마시며 지었던 표정도.

마지막 햇빛이 서쪽으로 사라지고 나자, 램프들이 일제히 빛을 밝혔다.

모조 지구 혁명기

"15센티미터짜리 어금니가 두 개 한꺼번에 나는 기분이에요."

날개가 자라는 게 어떤 기분이냐고 묻자, 천사가 어두운 표정으로 대답했다. 천사는 지구에서 공수해 온 그래픽 티셔츠 하나하나의 등을 뜯어내고 있었다. 나는 아껴두었던 타이레놀을 한 알 건넸다.

"고마워요. 지구 약은 어쩐지 더 잘 듣는 것 같아."

어깨에서 하얗게 뼈가 솟아나고, 붉은 해초처럼 혈관과 신경이 그 위를 덮기 시작했다. 깃털이 나려면 한참 멀어 보였다.

✳

　내가 모조 지구에서 탈출하기를 포기한 건 일하기 시작한 지 1년 반쯤 되었을 때였다. 공식 명칭은 제2 지구지만, 행성 안팎 사람들 모두 모조 지구라고 불렀다. 모조 지구는 일종의 테마파크다. 지구 출신으로서는 기분 상하는 일이지만 진짜 지구는 갖가지 종류의 폭력, 혐오, 재난으로 범벅되어 있어 여행자들에게 평판이 나빴다. 여행 안전 지역이 되려면 수천 년은 멀었다고들 말했다. 그래서 미니어처 공원이나 체험형 박물관처럼, 안전한 모사품으로 이곳이 만들어졌다. 그런 류의 관광지가 그렇듯이 대단히 정교한 모사는 아니었고…… 어느 쪽이냐면 끔찍한 재현에 가까웠기에 장사가 지독하게 안 되었다. 이해할 수 있는 일이었다.

　나는 모조 지구에 거주하는 유일한 지구인이자 홍보 책임자였다. 말레이시아에 새로 생기는 프랜차이즈 놀이 공원의 동아시아 담당 홍보팀장을 뽑는다기에 지원했는데, 면접 후 의식을 잃었다 깨어나 보니 우리 은하계를 한참 벗어나 있었다. 연봉을 25퍼센트 인상해준다는 말에 속아서 외계인에게 납치당하다니, 너무 좋은 조건은 의심해봐야 한다는 만고불변의 진리를 되새김질하기엔 너무 늦은 셈이었다. 지구에 있는 통장에 월급이 차곡차곡 잘 들어가고 있다는 확인서를 매달 받을 때마다 됐다 그러라고 집어 던지고 싶었다. 원하지 않았던 곳에 발이 묶여서 푸드 스탬프로 합성 음식을 받아먹고 사는 것이 새우잡이 배에 인신매매당한 것과 대체 무슨 차이가 있는지 매일이 참담했다.

경기 남부에 위치한, 내가 스무 살 때부터 일했던 놀이 공원이 진심으로 그리웠다. 무슨 부귀영화를 보겠다고 이직을 꿈꿨는지 스스로가 원망스러웠고 말이다. 수능을 보고 인형 탈을 쓴 채 어린이들에게 발로 채며 시작해, 솜사탕 가판대를 거쳐, 롤러코스터 담당자로 최고점을 찍었던 곳이었다. 아르바이트로 벌어 대학을 졸업하고는 정식으로 홍보팀에 합류했으니, 그곳은 지구에서의 인생을 통틀어 유일한 직장이었던 셈이다. 회사는 회사다 보니 부조리한 것은 한둘이 아니었지만 그만둘 때는 인생의 한 단락이 끝나는구나 싶어 엉엉 울었던 기억이 난다. 교환학생이나 어학연수를 못 다녀온 게 아쉬워서 외국에서 일해보고 싶었던 것뿐인데, 외계에서 일하게 될 줄은 꿈에도 몰랐더랬다.

놀이 공원이란 것은 기본적으로 얼마간 조악할 수밖에 없지만, 모조 지구는 그런 수준이 아니었다. 창밖을 내다보면 칙칙한 가건물들과 그로테스크한 인형들이 돌아다니는 풍경뿐이었다. 가건물들은 유니버설 스튜디오의 할리우드나 뉴욕 거리보다는, 임진강 건너 보이던 북한의 것을 닮왔다. 그 사이로 인형들이 부자연스러운 애니메이션 캐릭터 얼굴을 하고는 바퀴를 달고 굴러다닌다. 죽은 눈빛을 한 롤러 족들에 가까웠고 이족 보행도 못 한다는 점에서 모조 지구의 기묘하게 들쭉날쭉한 기술 수준을 드러내는 듯했다. 인형들의 목표는 시설을 보수하고 활기를 가장하는 것이었는데 양쪽 모두 실패해서 공원 전체가 시무룩한 분위기 속에 형편없이 낡아가고 있었다. 대다수의 날들엔 인형들뿐이었다. 쭈뼛거리는 관광객들은 드문드문 도착해서 도망치듯 빨리 떠났다. 종에 상관없이 쭈뼛거림을 알아볼 수 있게 된 것이 씁쓸했다.

따지고 보면 지구에도 있고 모조 지구에도 있는 생물은 나뿐이라는 것이 코미디가 아닐 수 없었다. 나의 고용주이자 행성의 주인은 **디자이너**라는 직함으로 불렸는데 이것은 너무나 글러먹은 디자인 아닙니까, 하고 만나서 묻고 싶었지만 그때까지 만나지 못했다. 딱 한 번 인트라넷으로 그다지 중요하지 않은 지시를 받은 적이 있었을 뿐이었다.

✳

"나도 여섯 살 이후로 **디자이너**를 만난 적 없어요. 어디 가서 처박힌 걸까요? 처박혀서 또 뭘 만들고 있을까요?"

천사는 염증과 열에 시달리면서 허심탄회하게 **디자이너**

욕을 했다. 나는 사무실 한쪽의 감시 장비를 흘낏 올려다 보았다. 음향은 채집하지 않는 장비인지 확인해봐야 할 것 같았다.

"번식을 안 하는 존재니까 천사인 줄 알았거든요."

사실 날 만나자마자 그 이야기를 해서 당황했었다. "저는 번식을 하지 않습니다"가 자기소개라니, 뭐라 대답해야 하나 고민하다가 "요즘은 지구에서도 번식을 하지 않는 추세입니다"라고 대충 말해주었고 우리는 곧 친해질 수 있었다.

"그런데 이제 와서 뒤늦게 날개 따위가 나다니……. 아무리 메시지를 보내도 대답도 안 해주는 거 있죠."

"계속 통증이 있나요?"

"점점 심해지는 것 같아요. 아, 그래도 푹 자고 나면 낫겠죠. **디자이너**요, 어떤 형제자매들에겐 짐을 주지 않았어요. 적어도 저는 잠을 받았으니까."

그 말을 할 때까지도 천사의 상태는 그렇게 나쁘지 않았는데, 며칠이 지나자 심각해졌다. 함께 내 숙소로 돌아와 모자라는 상비약으로 애써 돌봤지만 별로 나아지지 않았다. 텅 빈 홍보실에 직원은 천사와 나뿐, 직원 숙소도 거의 전 층이 비어 있었다. 인공 중력이 가끔 불안정했으므로 안전을 위해 가구도 장식품도 치워버린 방에서 우리는 서로를 의지했다. 나는 천사가 앓다가 내는 아슬아슬한 소리에 천사를 들여다보았고, 천사는 납치당한 내가 미쳐 버리지 않게 조곤조곤 말을 걸어주었다. 어느 날, 나는 천사를 사랑하고 있다는 걸 깨달았다. 조용하지만 강력한 깨달음이었다. 사내 연애 따위 질색이었는데 벌어진 일은 어쩔 수 없었다.

✳

"아무리 의료 지원팀을 요청해도 대답이 없어요. 인트라넷에 에러가 날 뿐이에요."

나는 간만에 사무실에 들른 고양이 인간에게 하소연을 했다. 천사는 출근조차 하지 못했다. 고양이 인간은 **디자이너**가 천사보다 먼저 디자인했다는 천사의 형제들 중 유일하게 만나본 상대였다. **디자이너**의 푸드 스탬프를 거부하고, 정글에 살면서 이런저런 밀수업에 손대고 있다는 점에서 천사보다도 반골이었다. 둘의 사이는 나쁘지 않아 고양이 인간은 천사에게 지구의 그래픽 티셔츠를 팔러 가끔 들렀고 천사는 비품을 빼돌려 티셔츠값을 지불했다. 오고 가는 게 명확한 동기간이었다.

"천사와 나는 살아남은 축이었어. 얼마나 많이들 죽었는지 몰라. 나는 가끔 의심했어. **디자이너**가 우리의 수명을 시한폭탄처럼 정해둔 게 아닐까 하고. 짜증 나네. 이번에 날개가 나다가 죽어버리면 그걸 예술이라고 하려는 모양이지. 엉망으로 비틀려가지고는……. 나만 해도, 봐. 고양이를 하나도 안 닮았잖아. 어째서 고양이 인간인 거야?"

확실히 고양이 인간은 전혀 고양이를 닮지 않았다. 늘 유쾌해 보이는 눈은 커피 사탕 같았지만 고양이처럼 동공이 급격히 변하지는 않았다. 짙은 색의 피부는 매끄러워 특별히 털이 많은 편도 아니었고 귀도 평범했고 꼬리도 없었고…… 다만 무릎이 고양이 뒷다리처럼 뒤로 꺾여 있었다. 헐렁한 퍼티그 팬츠 안에서도 꺾이는 각도가 다른 게 보였다. 그 차이점은 고양이보다는 염소나 판을 연상시키게도 했다. 무릎 덕택인지 7층 높이에서 뛰어내려도 다치지 않는 게 유사점이라면 유사점이었다. 경험상 8층부터는 다친다고 했다. 무리하면 10층도 가능하겠지만 무리하고 싶지 않다고 덧붙였고 말이다. 나는 고양이 인간이 매번 우리 사무실에 오는 이유가 물건을 팔기 위해서라기보다는 창문으로 뛰어내리고 싶어서가 아닐지 늘 의심했었다. 합판으로 세운 가건물들은 높지 않았고 이 행성엔 제대로 된 빌딩이 몇 개 없었다. 거래를 마치고 뛰어내리는 고양이 인간은 분명 어떤 충동에 시달리고 있는 것처럼 보였다. 그건 아마 **디자이너**가 심어둔 충동일 테고, 고양이 인간은 진저리를 치면서도 그것을 이겨내지 못한 듯했다. 올라왔을 때처럼 엘리베이터를 타고 내려간 적은 한두 번도 되지 않았다.

"그래서 내가 고양이 인간을 대신할 새로운 명칭을 고민해봤어. '착지능력자'는 어때?"

"본질적인 부분에 닿아 있는 것 같긴 한데, 너무 히어로물에 나오는 이름 같지 않아요?"

"그럼 더 생각해봐야겠네. 있잖아, 더 나빠지면 얘기해. 나 여기 돌아가는 꼴이 정말 너무 마음에 안 들어서 **디자이너**를 만나야겠어. 그 자식, 작업실에 몇 년째 처박힌 채 나오질 않아. 또 태어나고 싶어 하지 않는 누군가를 억지로 태어나게 하고 있겠지. 징그러워 죽겠어. 누가 **디자이너**를 막아야 해. 생각 있으면 같이 가자."

창문에서 뛰어내리기 전 고양이 인간이 제안했다. 나는 나의 납치자를 만나고 싶은지 아닌지 그때까지 마음을 정하지 못했다.

＊

날개 두 개가 모두 자라자, 천사는 좀 나아지는 것 같았다. 열이 내렸고, 염증도 통증도 가셨다. 날개 때문에 걸을 때의 균형이 다소 무너졌지만 적응할 수 있을 것 같다고 했다. 1.2미터는 꽤 존재감이 있는 길이지만 날 수 있는 길이는 아니어서 어디까지나 장식용같이 느껴졌고 그 점이

디자이너답다고 다들 눈빛을 교환했다. 나로서는 천사가 더 이상 아프지 않다는 게 그저 다행이었다.

"무거워서 허리가 아파요. 움직여보려 해도 엄청 둔하게 움직이고, 엎드려 자야 해서 목이랑 턱도 아프고, 일단은 샴푸로 감고 있는데 샴푸 배급은 아직 한참 멀었잖아요?"

천사의 얼굴엔 아직 병색이 남아 있었고, 나는 등이 뚫린 해먹 같은 것을 하나 마련해야 하지 않을까 고민이 되었다. 정전기가 없는 소재여야 할 것이었다. 날개에 붙은 먼지와 실, 그을음을 털어줄 때면 촘촘한 깃털이 기분 좋았는데 차마 그렇게 말하지는 못했다. 기묘하게 역한 맛을 남기는 배급식을 먹고 숙소에 돌아가 꼼꼼하게 양치질을 했다. 한두 시간쯤 각자의 오락 거리를 즐기다가 잠들기 전에 종종 키스를 나누고 몸을 만졌다. 자세를 바꿀 때 날개가 자꾸 방해되었다. 천사도 충분히 즐거운지 자꾸 불안해졌고 말이다. 세 번째 날개가 나기 전까지는, 그 정도가 나의 고민이었다.

"한 쌍이면 됐잖아. 왜 더 나는 거야?"

"악취미 중의 악취미네."

우리는 분개했고, 곧 천사는 분개할 수 없을 만큼 열이 나기 시작했다. 처음 두 장이 날 때와는 차원이 달랐다. 나는 내 구형 아반떼에 천사를 태우고, 고양이 인간이 사는 정글로 향했다. 납치 전문 외계인들이 친절하게도 내 고물

차를 지구에서 여기까지 가져다준 것이었다. 세상 쓸데없는 배려라고 여겼는데 최악의 사태에서는 의외로 도움이 되었다. 물론 아반떼는 정글에 걸맞은 차가 아니었기 때문에, 깊숙이 들어서자마자 버려야 했다. 천사를 업고 고르지 못한 땅을 걷는 일은 쉽지 않았다. 날개가 무겁다는 것에 대해 곱씹었다. 빛이 드는 곳에서도 들지 않는 곳에서도, 천사의 열 때문에 등이 계속 뜨거웠다.

"잘 찾아왔네."

고양이 인간이 마중을 나왔다. 나무 꼭대기에서 풀썩 뛰어내렸는데 높이가 얼마 되지 않아 시시해하는 표정이었다.

"정말 끔찍하지 않아?"

고양이 인간이 동의를 구하며 물었다.

"뭐가요?"

"이 정글, 똑같은 패턴으로 반복돼."

미처 알아차리지 못했었다. 그러고 보니, 도장으로 찍어놓은 듯 반복되고 있었다. 포토샵의 패턴 복사가 연상되는 정글이었다. 벽지나 옷감의 무늬를 더 큰 단위로, 3차원으로 재현해둔 것이나 다름없었다.

"이곳은 전혀 지구 같지 않아요…… 지구의 정글은 이렇지 않아요. **디자이너**는 그렇게 지구가 좋으면 그냥 혼자 지구로 가지, 왜 여기서 모두를 괴롭게 하는 거예요?"

"지구로 갈 수 없어. 가택연금 중이거든."

"갇혀 있어요? 어디에요?"

"이 행성 전체가 가택으로 설정되어 있어."

새로운 정보에 얼마나 아연했는지 모른다.

"누가 오긴 와요? 와서 여길 체크하기는 해요? 가택연금 중에 대체 영업은 어떻게 하는 거예요?"

"아, **디자이너**가 무슨 로비를 어떻게 했는지 몰라도 그게 가능하게 되어 있더라. 사업체 운영자는 천사로 되어 있는데, 천사는 또 반려생물로도 등록되어 있고……."

"뭐야, 지구보다 더 개판이잖아. 지구가 엉망이라 관광지로 권장하지 않는다면서요?"

고양이 인간이 가는 한숨을 쉬었다.

"그러니까 엎어버리자. 이 행성의 모든 게 역겨워. 그 역겨운 것 가운데는 나 자신도 포함되어 있는 것 같긴 하지만, 일단은 나 말고 나머지들을 엎고 싶어. 나랑 같이 **디자이너**를 죽여버리지 않을래?"

"일단 천사를 고쳐달라고 요구할 거예요. 그 요구를 들어주지 않으면…… 네, 그러든가 해요."

내 대답에, 고양이 인간이 어디에서 구했는지 19세기쯤의 것으로 보이는 지구산 피스톨을 한 자루 건넸다.

"멋진 무기지?"

"좀 최신형은 없어요?"

"밀수업자에게 너무 많은 것을 바라지 마."

"제가 들고 있을게요. 솔직히 좀 욱하시는 편이잖아요? 못 믿는 건 아니지만, 천사가 치료받기 전에 쏘면 안 되니까. **디자이너**의 작업실이 어디인지 알고 있나요?"

"어딘지야 늘 알고 있었지. 바다야. 모든 생명은 원래 바다에서 시작되기 마련이잖아. 가려면 패스워드가 필요해."

"패스워드는 어디서 구하죠?"

"인트라넷 담당자가 알고 있지."

＊

나팔꽃 언니.

어디까지나 공식 명칭이었다. 시스터 모닝글로리, 시마이 아사가오, 에르마나 캄파니야…… 지구의 여러 언어로 언니의 이름이 표기되어 있었다. 언니는 모조 지구의 인트라넷 전체를 담당하고 있는 메인 서버이자 나처럼 납치당해 개조까지 당한 피해자였다.

언니는 천장이 높은 온실 한가운데, 발가락을 부드럽고 검은 흙 속에 묻고 앉아 있었다. 발가락 외에는 잘 보이지 않았다. 유연한 연둣빛 덩굴들이 온몸을 감싸고 있어서, 그 안에 사람이 들었거니 추측할 수 있을 뿐이었다. 덩굴들은 사방으로 뻗어나갔고 막 피기 시작한 돌돌 말린 봉오

리나 만개한 꽃들, 터지기 직전의 씨방도 눈에 띄었다. 언니의 몸에서 뻗어나온 가장 굵은 덩굴들은 랜선과 연결되어 있었다. 그것은 확실히 지구에서는 한 번도 본 적이 없는 모습이었다.

"고양이 인간은 나가."

나팔꽃 언니의 목소리에서는 전자음이 났다. 고양이 인간이 인상을 쓰며 바로 나가버렸다.

"둘이 사이가 안 좋은가 봐요?"

"어디나 형제들은 다 그렇죠."

밀수된 약들로 정신을 차린 천사가 겨우 몸을 이끌고 나팔꽃 언니에게 다가갔다.

"언니, 나 너무 아파서 **디자이너**를 만나야겠어요. 패스워드가 필요해요."

"패스워드를 주는 건 프로토콜 위반이야."

천사는 나팔꽃 언니 곁에 주저앉았다. 그리고 손을 뻗어 덩굴 안으로 넣었다. 마치 이 기분 나쁘게 뜨거운 손을 좀 만져봐요, 하고 말하는 것 같았다.

"이 별을 떠날 준비를 하고 있는 거 알아요. 망명할 생각이죠?"

"……어떻게 알았지?"

"냉동 컨테이너 다섯 개를 고양이 인간에게 주문했잖아요. 그렇게 사이도 안 좋으면서. 씨앗들을 위한 거죠? 이런 곳에 씨앗을 심을 수 있을 리 없다는 거, 이해해요. 하나도 심지 않았죠? 내내 따로 보관해왔던 거죠?"

"그저 준비해둔 거야. 연결되어 있는 이상 나는 이곳을 떠날 수 없어. **디자이너**가 바로 알아챌 거야."

"우리는 아마, **디자이너**를 죽일 거예요. 일이 어떻게 굴러가든 간에. 그러니까 패스워드를 줘요."

나팔꽃 언니가 이내 수긍하고, 천사의 귓가에 패스워드를 속삭였다. 언니는 지구인인 나를 믿지 않는 것 같았다.

"다음 씨방이 터지기 전에 돌아와야 해."

천사와 나는 나팔꽃 언니에게 제대로 약속을 해야 했다. 언니는 아이스팩 몇 개를 보물처럼 빌려주었다. 우리는 그 것을 두 날개 사이, 먼저보다 훨씬 날카로운 모양으로 천사를 한껏 괴롭히면서 돋아나고 있는 돌기 위에 얹었다.

"바다에 도착하면 깨워줘요."

고양이 인간의 아이들이 돌아가며 들것을 들어주었다.

＊

이틀이 걸려 바다에 도착했다. 시멘트로 메운 해안선은 흉측하기 이를 데 없었다. 고양이 인간이 육지와 동떨어진 돌출 바위에 있는 등대를 손으로 가리켰다. 그곳이 **디자이너**의 작업실이라고 했다. 배가 한 대도 없는 별에 등대라니, 과연 **디자이너**다웠다.

"수심이 그렇게 깊어 보이지 않네요. 기껏해야 허리까지 오겠어요. 대충 양말 벗고 건널까요?"

방조제 끝으로 내려서려 하자, 고양이 인간이 황급히 나를 뒤로 당겼다.

"무슨 짓이야? 육식 인면어들이 산다고. 저기 들어가면 몇 분 만에 뼈밖에 안 남을 거야. 뼈라도 남으면 다행이지."

나는 그런 게 있다는 걸 전혀 알지 못했다.

"모조 지구에 대해 널리 알려지지 않은 정보 중 하나지. 천사 전에, 나 전에, 나팔꽃 언니 전에, 인형들 전에, 최초의 모델이야. 다시 한 번 말하지만 생명은 바다에서 시작되니까."

"위험한 물고기인가요?"

"응. **디자이너**가 원래 만들고 싶었던 긴 인어였다는데 실패도 이런 실패가 없을 거야."

"육식이라면…… 대체 뭘 먹는 거예요? 여기 별것 없잖아요. 인면어가 있다는 걸 아는 사람들은 아무도 안 들어갈 테고요."

"관광객 몇이 빠지는 사고가 있었고, **디자이너**가 먹이를 주겠지."

대체 뭘로 먹이를 준단 말인가? 합성 음식은 배럴째 수입된다는 걸 알고 있었다. 홍보물을 만들 때 혹 찍을 게 있을까 싶어, 또 기회를 봐서 탈출이라도 할 수 있을까 싶어 우주항과 부속 창고에 가보았다. 거기 인면어 먹이 같은 것은 없었다……. 그 점이 머릿속을 간질간질하게 만들었다.

"밸도 없이 **디자이너**를 보호하고 있어."

"이곳의 모두가 **디자이너**를 좋아하지 않잖아요. 왜 인면어들만 **디자이너**를 보호하는 거죠?"

"그렇게 만들어진 거겠지. 인면어들은 **디자이너**를 숭배해. 우리 중 유일하게 **디자이너**를 아버지라 부르면서 4시간에 한 번씩 종교의식을 치른다니까. 곧 노래가 시작될 거야."

나와 고양이 인간은 쪼그리고 앉아, 인면어들이 수직으로 헤엄치며 수면 위로 입술을 내미는 것을 보았다. 부글거리는 더러운 거품 사이로 기분 나쁜 색의 입술들이 올라와 불명확한 발음으로 찬송가 비슷한 것을 불렀다. 천사가 악몽을 꿀 만한 노래였다.

고양이 인간이 주먹만 한 연질 캡슐 몇 개를 꺼내 물속에 던졌다.

"뭔데요?"

"신경독."

"뭐라고요? 그런 걸 물에 던지면 어떡해요?"

고양이 인간은 태연했다.

"기절 정도만 시킬 거야. 그리고 인면어들 말고는 저 물속에 플랑크톤 한 마리 살지 않아. 필터가 몇 시간 안에 다 걸러낼 거고. 이 행성의 모든 건 가짜야. 너무 신경 쓰지 마."

"대체 언제부터 이 모든 걸 계획한 거예요?"

대답은 듣지 못했다. 고양이 인간과 일곱 아이들이 그물을 사용해 기절한 인면어들을 물탱크로 옮겼다.

"누락된 인면어가 있으면요?"

"음, 만약을 위해서……."

고양이 인간이 신호하자 아이 둘이 뛰어가 발전기와 전선 케이블을 들고 뛰어왔다. 물속에 전류를 흘리자 두어 마리가 흰 배를 뒤집고 떠올랐다. 구역질이 나는 것과는 별개로 아이들이 지나치게 질서정연하게 일을 돕고 있다는 것이 거슬렸다. 키가 엇비슷한 아이들은 정글 어디에서 어떻게 태어난 것인가? 물을 수 없는 것들, 물어봤자 내답이 돌아오지 않을 것들이 많았다. 고양이 인간을 신뢰할 수 있을지, 동행하기로 선택한 것이 모든 걸 더 나쁘게 만들지는 않을지 초조해하며 검은 수면을 내려다보고 서 있을 수밖에 없었다. 우리가 건널 수 있는 수준까지 신경독이 중화되길 시간을 재며 기다렸다.

"이제 진짜 건너도 되겠다. 천사를 깨워."

"아뇨, 제가 안고 건널게요."

나는 천사의 발이 그 물에 닿는 것을 원하지 않았다. 그래서 담요에 감싼 천사를 안고, 화물 벨트로 내 몸에 묶은 후 등대까지 걸었다. 수온은 기묘하게 높았다. 냄새가 날 줄 알았는데 나지 않아서 더 인공적이었다. 등대는 보기보다 멀었다. 아직 눈 뜨지 말아요, 이렇게 끔찍한 광경을 볼 필요는 없어……. 그 후 닥칠 일을 모르고 천사의 관자놀이에 입을 맞추며 속으로만 속삭였다.

등대의 거대한 철문 앞에서, 패스워드가 필요해지고 나서야 천사를 깨웠다. 고양이 인간은 감시 장비의 사각지대로 숨었다. 천사와 나만이 문 앞에 섰다. 허리 뒤에 꽂아둔 피스톨이 느껴졌다. 먼 거리를 날아와서도 여전히 묵직하고 위험한 무기였다. 천사가 한 손으로 몸을 지지하고, 다른 한 손으로 패스워드를 입력했다.

패스워드는 **아트 디렉터**였다. 둔탁한 소리를 내며 문이 열렸다.

등대 위로 올라가야 할 줄 알았는데, 계단은 아래로만 나 있었다. 맛이 간 디자인이었다. 나는 천사를 부축하며 나선 계단을 내려갔다. 천천히 걷는데도 헛딛게 만드는 계단이었고, 천사의 날개가 벽에 쓸리는 소리가 났다. 까끌까끌 마감이 덜 된 벽이었다.

✳

어두운 작업실에 선 **디자이너**는 아주 인간 같아 보였고, 동시에 전혀 인간 같지 않았다. 우뭇가사리와 유리 섬유로 인간의 모형을 만들다 실패한 듯한 느낌이었다.

"둘이서 여기까지 왔나?"

디자이너가 물었다.

"네, 둘뿐입니다. 천사가 많이 아파요. 좀 봐주시지 않겠습니까?"

인신매매 의뢰자를 가까이서 보자, 욱하고 올라오는 것이 없지 않았으나 천사를 살리는 게 우선이었다.

"내 디자인에는 문제가 없어. 그 아이는 아픈 게 아니야."

"하지만 **디자이너**님……."

"아니, 이제는 **아트 디렉터**라고 불러줘. 생각을 해봤는데 내가 내 작업에 대해 너무 협소하게 해석했더라고."

이를 악물고 **아트 디렉터**님, 하고 다시 불렀다. 길지 않은 사회생활을 하며, 세상에는 모든 최종 완성형을 성실함과 실력으로 마무리하는 디자이너들이 있는 반면 듣기 좋은 명칭만 쏙 빼어 가는 사기꾼들도 존재한다는 걸 배웠는데 모조 지구의 **디자이너**는 전형적인 후자였다. 문득 울컥하고 지구의 디자이너들이 보고 싶어졌다. 나의 요동치는 안쪽을 눈치채지 못했거나 상관하지 않았던 **디자이너**가 어색한 걸음걸이로 천사에게 다가가 담요를 들췄다. 가까이서 보니 **디자이너**는 주변의 빛을 기이하게 반사시키거나 투과시켰다. 모조 지구의 많은 것에는 냄새가 부재했는데, **디자이너**에게선 희미하게 수영장 물과 연고 냄새가 났다. 입은 옷은 아무리 좋게 봐줘도 홈쇼핑에서 파는 공동구매 수의 같았다. 당신은 취향이 나빠, 외치고 싶었다.

"뭐야, 아직 세 개째잖아. 이걸 가지고 그렇게 엄살을 부린 거야? 아가, 너를 위해 디자인된 날개는 전부 아홉 장이야. 벌써부터 이러면 안 되지. 돌아가. 해줄 수 있는 게 없어."

거절의 말이 끝나기 전에, 나는 피스톨을 뽑아 **디자이너**의 머리 옆에 대고 공이를 당겼다.

"날개가 도는 걸 멈춰주지 않으면, 쏠 겁니다."

"어떻게 그런 추한 무기를…… 이렇게 아름다운 별에."

그 순간만은 쇠와 나무로 묵직한 피스톨이 우주에서 가장 아름다워 보였지만, 대답하지 않고 **디자이너**를 쿡 찌르는 걸로 대신했다. **디자이너**는 속이 터질 만큼 느린 속도로 작업실인지 실험실인지 모를 그 기분 나쁜 공간에서 천사를 위한 수액을 만들었다. 완성된 액체는 농도가 짙어 보였고 잘 섞이지 않은 노란 방울들이 떠다녔다. 수액을 천사에게 투약하기 전에 나는 재차 **디자이너**를 협박해야 했다.

"천사가 죽으면 당신도 죽습니다."

디자이너는 허세인지 모를 웃음과 함께 링거를 연결했고, 천사는 짧게 신음했다.

"이제부터의 과정은 얼핏 폭력적으로 보일 거야. 하지만 스위치를 내리는 것이나 다름없어. 이 방법밖에 없으니 섣불리 날 쏘지 말아줘."

나에게 주의를 준 디자이너가 전기톱을 꺼냈다. 그리고 천사의 세 번째 날개 뿌리를 잠시 소독하는가 싶더니, 바로 톱에 시동을 걸었다. 고개를 돌리고 싶었지만 내가 고개를 돌리면 디자이너에게 틈이 생길 터라 그럴 수 없었다. 나는 아직도 그때 뼈와 톱날이 닿아 내던 소리를 새벽의 악몽 속에서 듣는다. 마지막에는 뭔가 두두둑 꺾였다. 천사는 그 짧지 않은 시간 동안, 비명조차 지르지 못했다. 쇼크로 죽어버릴까 봐 겁이 났다.

디자이너는 피로 범벅이 돼 떨어져나온 날개를, 아무 가치도 없다는 듯 바닥에 던져버렸다.

"나머지 두 개도 떼어줄까? 하지만 그러려면 중간중간 회복 기간이 필요해. 지혈되는 동안 여기서 좀 쉬고 있으렴. 나는 멀리서 온 손님한테 구경을 시켜주고 올 테니."

디자이너가 천사의 볼을 두드렸고, 내가 그 순간 디자이너를 쏘지 않은 것은 인간성의 승리였다. 죽은 새처럼 바닥에 떨어져 있는 날개를 바라보고 있던 나는, '멀리서 온 손님'이 나를 가리키는 말이란 걸 약간 늦게 깨달았다.

"구경할래? 다음 프로젝트들을? 완성되기 전에 보여주는 일, 하지 않지만 자네 의견이 궁금하군."

천사를 두고 가기 싫었지만, 천사와 **디자이너**가 가까이 있는 걸 보는 느낌이 더 싫었다. 턱짓으로 **디자이너**를 앞장서 걷게 했다. 나의 발걸음 소리에 고양이 인간들의 발걸음 소리가 섞여들었다. 혼자가 아니라는 게 나를 안심하게 했다.

"아무도 이곳에 오고 싶어 하지 않을걸요. 어떤 정신 나간 외계인도요."

고양이 인간들의 소리를 숨기기 위해, 그리고 모조 지구에 도착한 이래 줄곧 느껴온 역겨움을 표현하기 위해 내가 말했다.

"그래도 오게 하는 게 자네 직업 아닌가?"

일하는 상태와 노예가 된 상태를 구분하지 못하다니 **디자이너**다웠다.

"지구인은 무능해. 그 무능함이 매력이기도 하지만……. 그렇다 해도 천사가 왜 자네를 골랐는지 모르겠군. 자네는 특히나 무능한데."

"천사가 저를 고르다니요?"

"지구에는 테마파크가 많잖아. 그 광고에 홀려 서류를 보내온 지구인이 자네뿐이었을 거라 생각하나? 그중에 자네를 고른 거야, 천사가 직접. 자꾸 나더러 취향 나쁘다고 하는데, 천사도 만만찮다는 거지."

천사가 나를 골랐다.

"뭐, 어차피 자네는 구색 맞추기 용이니까."

천사가 나를 골랐다는 말에, 그 뒤의 말은 하나도 들리지 않았다.

＊

계단을 끝까지 내려가, **디자이너**가 안내한 공간은 우주 공통적으로 '미친 과학자의 실험실'을 상상하면 떠오를 만한 곳이었다. 천사가 맞던 링거액보다 조금 옅은 액체 속에 온갖 동물들이 잠겨 있었다. 나와 그렇게 처지가 다르지 않은, 납치당한 지구의 동물들이. 나는 곧 그들 사이에서 공통점을 발견했다.

모두 뿔이 있었다.

사슴, 노루, 순록, 소, 물소, 산양, 염소, 기린, 가젤……

설마 싶어 비틀거리다가 탁자 모서리를 잡고 돌아서는데 뒤의 탱크에는 아직 뿔이 없는, 여섯 살쯤 되어 보이는 아이가 잠들어 있었다.

"어디 가서 떠들면 안 되네. 자네 계약서에 비밀 유지 조항이 있다는 걸 잊지 말게."

번들거리는 눈으로 **디자이너**가 말을 이었고, 나는 잠들어 있는 아이에게서 눈을 떼지 못했다. 아이는 숨을 쉬지 않았는데, 죽었다기보다는 아직 태어나지 않은 것처럼 보였다. 놀랍도록 천사를 닮아 있었다. 아이가 눈을 뜬 다음 이마에서 거대한 어금니가 나는 것 같다고, 고통을 호소해올 듯했고 결국 나는 바닥에다가 시원하게 토해버렸다.

"전혀 지구 같지 않아……. 지구는 이렇게 끔찍한 곳이 아니야."

다 토했다고 생각했는데 한 번 더 토했고, 두 번째는 경련이 심해서 아차 하는 순간 피스톨을 놓쳤다.

석면으로 만든 인형 같던 **디자이너**가 엄청나게 빠른 속도로 미끄러져, 피스톨이 땅에 닿기도 전에 받아냈다. 그러고는 바로 어두운 구석을 향해 쐈다. 골동품 총에선 지독히 큰 소리가 났다.

숨어 있던 고양이 인간이 비명을 질렀다. 비명은 이어지다 흩어져 숨으라는 지시가 되었고, 작은 발들이 바쁘게 움직이는 소리가 들렸다. **디자이너**가 정신없이 소리를 따라 총을 겨누었다.

"잘못된 디자인은 내가 직접 삭제해야지. 제조자 책임법이라는 게 있으니까."

다친 고양이 인간에게 가려던 여섯째가 그만 실수로 천장의 파이프에서 굴러떨어졌다. 나는 **디자이너**를 막으려 했지만, 이미 피스톨은 제대로 과녁을 향하고 있었다.

고양이 인간이 여섯째를 향해 기었고,

나머지 아이들이 숨을 삼켰으며,

노출된 여섯째는 그 자리에서 꼼짝도 하지 못했고,

나는 **디자이너**의 세라믹처럼 견고한 무릎을 부질없이 붙잡았지만 이제 아무것도 방아쇠를 멈출 수 없으리라 생각했을 때에,

익숙한 뼈가 **디자이너**를 관통했다.

날카롭고 하얀, 혈관과 신경이 돌출된 채 얽혀 있는, 듬성듬성 깃털이 나기 시작한 뼈가 환도처럼 가슴을 뚫고 나왔다.

바닥에 버려졌던 세 번째 날개였다. 천사가 저쪽 끝을 쥐고 있었다. 계단을 밟지 않고 날아온 것처럼, 갑자기 나타나 숨을 몰아쉬었다. **디자이너**는 헛소리 한마디 더 보태지 못한 채, 선 자세 그대로 숨이 멎었다. 미처 천사를 돌아보지도 못했다. 피스톨이 땅에 떨어지면서 발사되었지만 아무도 맞히지 않았다.

오래된, 끈적한 피가 조금 흘렀다. 악명 높은 우주 범죄자의 피. 그 피는 매우 인간의 것 같기도 했고, 전혀 그렇지 않기도 했다.

"휴, 역시 링거 발이 장난이 아니에요."

이번에야말로 부러진 날개를 완전히 놓아버리며, 천사가 말했다.

✳

　나팔꽃 언니와 씨앗들이 가장 먼저 모조 지구를 떠났다.
씨방이 터지기 전에 돌아가겠다는 약속을 지킬 수 있어 다
행이었다. 항성 측광 기록과 흙 샘플을 여러 행성에서 기증
받아, 가장 적합한 곳을 골랐다.

　고양이 인간과 아이들은 치료를 받고 나서야 떠날 수 있
었다. **디자이너**의 사망이 확인된 후, 여러 곳에서 지원 제
안이 왔지만 천사는 전부 거절하고 의료 지원만 받아들였
다. 놀랍게도 고양이 인간 팀은 지구로 가기로 했다. 진짜
지구로.

　"가면 또 멋진 티셔츠들을 잔뜩 보내줄게."

　고양이 인간이 천사를 가볍게 안았다. 두 사람 다 몸이
닿을 때마다 고통을 느꼈으므로 조심스러운 몸짓이 건조해
보이는 작별 인사였다.

　"지구에는 뛰어내릴 만한, 좋은 빌딩들이 많을 거예요."

　내 말에 고양이 인간은 웃었다. 나는 고양이 인간의 아
이들이 뿔뿔이 흩어져 지구에 스며들기를 바랐다. 갇히지
않고, 이용당하지 않고, 위험해지지 않기를 바랐다. 그것은
지구에서도 마찬가지로 어려운 일이겠지만.

　모조 지구에 둘만 남게 되자, 천사는 매일 업무가 끝나
는 시간마다 나에게 묻고 싶은 얼굴을 했지만 묻지 않다가

어느 날 드디어 마음먹은 듯이 물어왔다.

"지구로 돌아가지 않을 거예요?"

"아직 계약이 안 끝났잖아요."

나는 힘들이지 않고 대답했다.

"나 때문에 억지로 머물 필요 없어요. 돌아갈 티켓을 구해줄게요. 여기는 혼자 잘 마무리할 수 있어요."

"뭘 마무리한다는 거예요? 이제부터 시작인데. 얼른 브로슈어를 만들어야죠."

"이런 끔찍한 데 누가 온다고 브로슈어를 만들어요?"

당황 때문인지 절망 때문인지 천사의 목소리가 만난 이래 가장 높은 음에서 떨렸다.

"전 우주적인 정서는 모르겠지만, 지구에서는 비극의 현장이 명소가 되거든요. 우주가 지구와 조금이라도 닮았다면…… 두고 보세요. 이제 곧 와글와글 몰려들 테니."

내 말은 틀리지 않았다. **디자이너**의 광기, 압제 속에 서로를 구한 피해자들, 극적인 혁명의 날에 대해 쓴 브로슈어를 발송하고 얼마 지나지 않아…… 모조 지구의 황량한 거리를 관광객들이 메웠다. 그들은 푸드 스탬프를 형편없는 음식과 교환하며 환호했고, 망가진 인형들과 기념 촬영을 했다. **디자이너**가 죽은 등대는 모조 지구의 랜드마크가 되었다.

우리는 첫 수입을 정산받고, 행성 반대편에 바다를 하

나 더 만들었다. 관광객들의 안전을 위해 수조에 가둬뒀던 인면어들을 그곳에 다시 풀어줄 수 있었다. 인면어들과 아직 완전한 화해는 하지 못했지만 언젠가 가능할지도 모른다. 그들에게 새로운 노래를 가르치기 위해 고양이 인간을 통해 음향 기기와 음원을 잔뜩 구했다. 며칠 전에는 아바의 〈I have a dream〉을 틀어주었는데, "나는 천사를 믿어요 (I believe in angel)"라는 가사에 인면어들은 괴성을 지르고 천사만 깔깔 웃었다. 천사가 나오는 노래는 팝송에 많을 것 같은데 영어 실력이 고만고만해서 연달아 떠올릴 수는 없지만 그런 일로 시무룩해지지는 않는다. 천사가 나를 골랐다는 걸 안 이후로 부쩍 자신감이 붙었다.

매일 말 그대로 날개 아래에서 잠들고, 꿈결에도 지구가 그립지 않다. 천사는 날개가 없을 때부터 천사였고, 천사가 내게 주는 안도감은 우주를 샅샅이 뒤져도 다른 별에서는 찾을 수 없는 종류이리라 확신한다. 고용 계약은 파트너 형태로 갱신했다. 나를 위해서가 아니라 천사를 위해서.

행복하다고 게을러지진 않았고 열심히 브로슈어를 발송하고 있다. 모조 지구의 발사대에서 온 우주를 향해 광고가 날아간다. 달콤한 색깔의 캡슐에 담겨, 암흑물질을 뚫고 끊임없이 날아가는 브로슈어가 언젠가 당신에게 닿기를.

모조 지구에 천사를 만나러 오세요.

리틀 베이비 블루 필

쥐가 한 번의 망설임도 없이 미로를 통과하여 먹이에 가 닿았을 때는 물론, 그 모습이 전 세계에 뉴스로 방영되었을 때에도 흥분한 사람은 많지 않았다. 편집이 밋밋했달까, 그런 쥐들은 그전에도 많았다. 몇 년 안에 기적의 약이 나올 거라는 대대적인 보도 후엔 언제나 소리소문없이 상용화 이야기가 수그러들었다. 드물게는 다국적 제약회사의 입지를 흔들 만큼 공공연하고 극적으로 실패하기도 했다. 실망하고 또 실망해온 사람들은 패턴에 익숙해져 있었다. 그렇게 쉬운 일일 리가 없지, 체념하며 매일의 고통을 견디거나 끝내는 견디지 못했다. 쥐가 미로를 완벽하게 기억했다 해서, 무시무시할 정도로 빠르게 통과했다 해서 치매가 곧

바로 완치될 거라고 확언한다면 그렇게 말하는 쪽이야말로 의심을 살 만했다.

막상 약을 개발한 베를린 의과 대학에서는 그 약을 기적의 약이라고 부를 생각이 없었다. 그 약은 모든 치매 환자를 위한 것이 아니었다. 전체 치매 환자의 60퍼센트 정도를 차지하는 알츠하이머 환자들에게 얼마간 유용할 것이라고, 담담한 전망 정도를 제시했을 뿐이다. 이후에 그 약 때문에 벌어진 일련의 일들에 대하여, 연구진을 대표했던 닥터 블라우(Dr. Blau)는 네 페이지에 걸친 절절한 유감 성명을 발표했는데 간단히 줄이자면 "그러라고 만든 약이 아니었다"라는 한 문장이 남는다.

블라우 박사의 어머니가 알츠하이머 환자였고, 박사가 어머니를 관찰하다가 최초의 착상을 얻었다는 건 잘 알려진 사실이다. 블라우 부인은 집 주소를 기억하지도, 계절에 맞는 옷을 입지도 못할 만큼 병이 진행된 상태였지만 남편이 죽자 남편의 죽음에 대해서만은 한 차례도 착각하지 않았다. 심지어 부부 사이가 친밀하지도 않았고 박사의 부친은 다소 폭력 성향이 강한 사람이었는데도 모친은 그의 죽음을 충격으로 받아들였다. 한 번도 죽었느냐고 다시 묻지 않았다. 어딘가 안 보이는 곳에 살아 있다는 환각에 빠지지도 않았다. 지쳐 있던 보호자로서는 충분히 흥미로운 지점이었다. 알츠하이머로 망가진 뇌에 충격이 미치는 영향을 해석하는 데는 꽤 시간이 들었다. 해마를 중심으로 뇌내 네트워크에 충격을 부담 없이 재현하여, 어떻게든 새로운 정보를 저장할 수 있게 하는 게 목표였다. 알츠하이머의 완전한 치료 같은 것은 바라지 않았다. 블라우 박사가 원한 결과는 분명하고 구체적이었다.

블라우 박사가 브레인 매핑과 인공 뇌 설계 업적으로 노벨 생리의학상 후보에도 올랐던 유명 뇌과학자이자 의학자였으므로, 제약회사에서는 그의 성에서 따 알약을 파란색으로 만들었다. 아기 배내옷처럼 부담 없이 옅은 하늘색이었다. 그렇게 큰 파급효과를 가져올 줄 알았더라면 애초에 다른 색으로 만들었을지도 모르지만, 일말의 예상도 하지 못했으므로 그 약은 '비아그라 이후 가장 놀라운 파란 알약'이 되었다. 사실 비아그라도 협심증을 치료하기 위해 만들어졌다가 다른 운명을 입게 된 케이스이기에 유독 억울할 일은 아니었다. 독일어로 하늘색이 헬블라우(hellblau)라는 것, 헬은 사실 '밝은 빛'을 뜻하지만 이후 많은 사람들이 영어식으로 지옥을 떠올렸다는 점 정도는 복기할 만하다. 약의 공식 이름은 HBL1238이었다. 별로 부르기 쉬운 이름은 아니었다. 알약을 반으로 나누어 위에는 HBL이, 아래에는 1238이 새겨졌다.

약의 효능은 명확했다. 납작한 원형의 이 작은 알약 하나면, 뇌의 해마 부분에 치명적인 손상을 입은 사람도 3시간 정도를 선명하게 기억할 수 있었다. 해마는 새로운 경험을 저장해서 장기 기억으로 전환시키는 역할의 중심인데, 알츠하이머 발병 시 가장 먼저 손상되는 지점이었다. 더 장기적인 효과를 위해서 줄기세포 치료나 미세전극 삽입 쪽으로도 연구가 계속되고 있었지만, 다른 부위도 아니고 뇌다 보니 기대만큼 진전이 빠르지 않았다. 게다가 기본적으로 시술과 수술은 위험이 큰데다 가격이 비쌀 수밖에 없는 반면, 투약은 상대적으로 위험이 적고 간편하며 저렴하다는 점에서 메리트가 있었다. HBL1238은 아주 편리한 3시간을 제공해줄 수 있었기에 환자 보호자들은 알약을 환영했다.

　　"엄마, 나는 막내이모가 아니야. 엄마 딸이야. 내 얼굴 기억해줘. 집 주소는 ……야. 우리 집 전화번호는 ……고, 내 전화번호는 ……야. 엄마는 제때 밥을 먹고 있고 배가 고프지 않아."

　　"도우미 분한테 욕을 하시면 안 돼요. 그분은 돈을 훔쳐 가지 않아요. 다른 분과 착각하시는 거예요. 반지, 시계, 그런 거 제가 다 잘 보관하고 있어요. 데이케어센터에

끼고 가시는 건 안 돼요. 지난번에도 잃어버리셨는데 결국 못 찾았잖아요."

"아버지, 전기를 아끼시는 건 괜찮아요. 늘 검소하셨으니까. 하지만 제발 냉장고만은 뽑지 마세요. 음식이 줄줄 녹아내려요. 가스도 만지지 말아주세요. 다리미도."

"우리 집엔 개가 없어요. 아무리 문을 다 열어보며 찾으셔도 개를 키웠던 건 이 집이 아니에요. 개도 없고 나가셔도 텃밭이 없어요. 여기는 그 동네가 아니에요."

"어머니, 돌아가신 분들에겐 전화를 걸 수 없어요. 아무리 전화를 걸어달라 하셔도 제가 어떻게 하겠어요. 아직 살아 계신 분들의 이름을 제가 불러드릴게요."

"할머니, 발목 양말은 원래 이렇게 생겼어요. 볼 때마다 무릎 양말이 될 때까지 늘려놓으시면 곤란해요. 평소엔 힘도 없다면서 왜 그렇게까지. 빨래도 제가 갤게요. 아직 젖은 빨래 걷지 마세요."

"아침마다 혈압약을 안 드시겠다고 하시면 안 돼요. 안먹어도 되는 약이 아니에요. 매일 드셔야 하는 약입니다."

"문을 열고 나가시면 안 돼요. 우리 집에서 형님네까지 그렇게 직선으로 이어진 도로는 없어요. 동네가 아니라 4시간 거리라고요. 아버지 머릿속 지도는 진짜 지도가 아니에요."

대부분의 환자 보호자들은 효율적인 3시간을 보냈다.

효율적인 것 이상을 바라기엔 너무 지쳐 있었기 때문이다. 절실하게 전해야 할 정보가 있었다. 전해진다면 매일매일의 분투를 다소간 줄여줄 수 있는 그런 메시지들 말이다. 아직 지치지 않은 보호자들만이 조금 다르게 약을 사용했다.

"우리는 지금 소풍을 왔어요. 밤에 혼자 깨서 무서우실 때 이 소풍을 떠올리시면 좋겠어요. 소풍 생각을 하시며 다시 잠드시면 좋겠어요. 이 날씨를, 이 나무 그늘을, 우리 표정을, 같이 부른 노래를 자꾸 생각하시면 좋겠어요."

연구진과 제약회사는 임상시험을 4상까지 전 세계적으로 진행했고, 기대했던 것보다도 만족스러운 결과를 얻었다. 알약을 거듭 반복하여 먹었을 때의 효과에 대해서는 투약 2년 미만에선 유효한 수치를 얻었지만 이후에는 얻지 못했다. 대상자들의 뇌가 정상적으로 기능하는 뇌가 아니었기에 그랬을 것이다. 빛이 꺼져가는 속도가 너무 빨랐다. 그 속도를 늦추는 궁극적인 치료법이 등장하지 않았으므로 어쩔 수 없었다. 관련자들은 하늘색 알약을 일단은 괜찮은 업적, 그리고 그다음까지 가는 징검돌 정도로만 생각했다. 화학반응으로 뇌를 속이는 그런 흔한 알약들 중의 하나라고 말이다.

✳

HBL1238이 음각으로 버젓이 새겨진 약이 암시장에서 '시험 잘 보는 약'으로 거래되기 시작한 것은 순식간이었다. 경쟁이 치열한 지역에서 동시다발적으로 퍼져나갔다. 아이비리그에서, 동아시아의 고등학교에서, 아프리카의 로 스쿨에서……. 과다 경쟁의 환경, 혹은 시험을 통해서가 아니면 빠져나갈 길이 없는 온갖 열악한 환경에 처한 이들이 알약을 삼키기 시작했다. 심지어 아시아에서는 과립이나 액체 형태로 바뀌어 한약으로 유통되기까지 했다. 아주 빠르고도 광범위한 유행이었으며, 제재와 처벌에도 수그러들 기세가 아니었다.

수험생들은 겁도 없이 치매약을 삼켰고, 3시간 동안 온갖 암기 과목을 마스터했다. 치매 환자들이 지지직거리는 비디오 레코더였다면, 이 어리고 생생한 뇌들은 8K급 녹화를 해냈다. 벼락치기의 황제들이 나타났다. 게다가 별다른 단기 부작용이 발견되지 않았으므로 투약은 습관화되었다. 약을 먹지 않는 학생들이 바보 취급을 받았고 형평성 문제가 불거진 건 당연한 일이었다. 교육 정책 담당자들은 다급하게 대책을 강구했으나, 마땅한 대책이 나오기 전에 시험 거부 시위가 일어났다. 행정 능력이 갖춰진 나라일수록 신속히 정상화되었는데 어떤 나라들은 2년에서 길게는

10년까지 교육과정이 제대로 굴러가지 않았다. 사실 약은 기억력 위주의 향상을 가져왔고, 다른 인지 능력에는 유효한 영향을 주지 않는 것으로 확인된 후였지만 외우는 과목도 외우지 않는 과목도 모두 거부되었다. 문제가 점점 불분명해지기도 했던 것이, 어떤 원리를 이해하는 최초의 순간을 완벽하게 기억하는 학생들이 늘었던 것이다. 그 순간은 쾌감과 함께 기억되었다.

초기에는 단순한 오용이었고, 그다음에는 처방전 위조가 있었다. 치안이 좋지 않은 지역에서는 제약회사의 운송 차량이 트럭째 탈취당하기도 했다. 제약회사에 대한 비난이 점점 거세어졌다. 주가가 폭락할 정도였다. 사실 다국적 제약회사만큼 미워하기 쉬운 상대도 없었다. 어째서 이 사태를 미리 예견하지 못했는가, 윤리적이지 못한 기업이다, 관리가 얼마나 부실했는가……. 베를린 의과 대학이 연구를 90퍼센트 마쳤을 때 슬쩍 끼어들어 다소간의 수익을 노려볼까 했었을 뿐인 제약회사는 허둥댔다. 사실 오용을 예견하기란 쉽지 않은 일이었다. 오용은 상식 바깥에서 이루어지는데, 말뜻이 무색하게도 상식의 안쪽보다 바깥쪽 영역이 광활하므로 어려운 일일 수밖에 없다. 게다가 국제적인 범죄자들이 결속하여 만든 무장 강도단에게 당한 걸 관리 실패라 부르는 건 아무리 제약회사가 눈엣가시라도 과한 면이 있었다. 회사에서 그 혼란 속에 급하게 마련한 1차

대책은 약에 검출 표지 색소를 넣는 것이었다. 한동안 중요한 시험장에서는 소변 검사가 시행되었다. 오줌이 파랗게 변한 사람은 시험장에 들지 못했다.

그러나 소변 검사는 효율적이지도 위생적이지도 못했기 때문에, 곧 표지향을 이용하게 되었다. 보통의 향수나 바디 제품과 겹치지 않도록 치커리 향이 채택되었다. 크고 작은 시험장에서 치커리 향을 찾아 미량 화학 센서들이 동원되었다. 학교마다 센서가 보급되는 데까지도 시간이 걸렸는데, 노력과 비용이 무의미하게도 곧 무용지물이 되었다. 수험생들이 이제 벼락치기가 아니어도 미리 약을 복용하고 공부하기 시작했기에 시험 당일엔 이미 모든 성분이 몸에서 빠져나가 검출이 되지 않았고, 그보다 소위 음지의 '키친'에서 검출 표지를 제외한 카피 약이 생산되기 시작했기 때문이었다.

그리하여 전 세계적인 교육 개혁이 시행되었다. 모든 시험이 오픈 북이 되었다. 시험은 지식 습득의 확인이 아니라 사고 과정과 가치관을 겨루는 장으로 탈바꿈했다. 그렇게 되어야 한다고 장기적으로 여겨지고는 있었지만, 새끼손톱만 한 파란 알약이 교육 개혁의 원동력이 된 것은 씁쓸했다. 토론 학습과 프로젝트식 수업, 다원적인 학생 선발, 종합적인 평가를 위한 논술과 구술 시험, 새롭고 유연한 진학 코스들을 설계하다 보니 초기에는 키메라 꼴이었다. 준비가 되어 있지 않았던 저소득층 학생들의 진학률이 떨어졌고, 고소득층 자제들이 기세등등했다. 논구술 선생들은 고대 그리스 이후 최고의 대접을 받았다. 문제가 없지 않았어도 주입식 교육과 객관식 시험엔 평등한 구석이 있었다고 사람들은 한탄했다. 한동안 많은 이들이 옛 시절을 그리워했지만, 이내 천천히 몸을 바꿔나갔다. 공교육은 한 번 제대로 죽었다가 살아났다. 끊임없이 낮아지고 있던 출생률이 아니었더라면 이 체질 개선마저 실패했을 확률이 높았다. 비다시피 한 교실에서 학교는 다시 태어났다.

훗날 돌아보기에 십 대 후반에서 이십 대 중반의 인구가 대규모 임상실험 대상자가 된 것이나 다름없는 사태였고, 가장 빈번한 오용을 한 것은 어마어마한 암기량을 요구받았던 의대생들이었으며, 누구나 이 걷잡을 수 없는 현상을 일상으로 받아들이게 되었다는 점에서 참담한 시기였다.

✳

HBL1238이 사진 영상 기기 업계에 타격을 줄 것이라고는 아무도 짐작하지 못했다. 업계 마케팅 담당자들도 마찬가지여서, 데이터 분석이 한참 늦어졌다.

그러니까 어린 연인들이 드디어는 고급 기기를 구매하지 않고, 두 사람의 가장 소중한 순간에 알약을 삼키기 시작했던 것이다. 기념일을 맞거나 여행을 가거나 하여간 둘이서 기억하고 싶은 날에 함께 불법 약물을 삼키는 행위는 그럴듯했다. 이들은 수험생 시절 이미 알약을 사용해 본 세대였다.

"얼마나 바보 같아? 나는 별로 좋아하지도 않는 과목 참고서의 자질구레한 도표까지 기억한다고. 두통이 자주 오는 건 형광펜 쳐놓은 부분들이 하도 많아서일 거야. 게다가 벼락치기가 한창인 교실 소음에 앞자리 애의 때 탄 양말에 당번이 비우길 까먹은 쓰레기통에……. 기껏 냄새나는 교실 따위를 영원히 잊지 못하게 되다니. 우린 약을 잘못 썼어. 한참 잘못 썼어."

첫사랑이 조금 더 많이 이루어지기 시작했다. 대개 사랑이 바래는 것은 소중한 순간들을 잊고 서로를 함부로 대하기 시작하기 때문이므로, 이제 잊히지 않는 기억들로 사랑은 유지되었다. 초혼 연령이 아주 약간 앞당겨졌으며 이혼율도 미미하지만 낮아졌다. 약을 삼킨 시간에 하필 크게 싸우는 커플들 역시 적지 않았지만 말이다.

"그때 기억나?" 같은 말은 잘 하지 않게 되었다. 기억하고 있다는 것을 아니까. 서로 눈만 바라봐도 어느 때를 재생하고 있는지 아니까. HBL1238은 연인들의 약이 되었고 전혀 성적인 효과나 환각 효과가 없었음에도 'Hell of a blow job'이라는 별명을 얻었다. 이 의도적인 오기에 블라우 박사는 불쾌감을 감추지 못했다. 블라우 박사는 거처를 스위스로 옮긴 후였는데 제네바의 연구소 복도를 오락가락하며 "아니야, 이게 아니야"를 중얼거린다는 소문이 났다.

일부 영화 팬들도 알약을 삼키고 영화를 보기 시작했다. 혼자 상영관을 통째 대관하거나, 완벽한 상황에서 블루레이를 감상하고는 영원히 잊지 않았다. 좋아하는 영화를 언제든 머릿속에서 재생할 수 있었다. 긴 영화를 볼 때는 두 알이 필요했다.

"죽고 나서도, 땅 밑에서도 떠올릴 수 있을 것 같아. 그런 기분이야."

한 영화광이 말했다.

물론 공유의 문제가 있었기 때문에 사진 영상 업계는 천천히 회복해나갔다.

＊

사랑에 쓰일 수 있는 물건은 다른 잔인한 것에도 쓰일 수 있기 마련이다. 제약회사는 유난히 HBL1238의 카피약이 많이 발견되는 지역을 조사하다가 끔찍한 결과에 맞닥뜨렸다. 사우디, 예멘, 이라크, 리비아, 시리아, 터키, 남수단, 브룬디, 니제르, 차트, 카메룬, 중국, 인도, 파키스탄, 인도네시아, 쿠바, 멕시코, 콜롬비아에서 동시에 시행

된 조사는 길어지지 않았다. 누가 봐도 알약이 고문에 쓰이고 있다는 게 분명했던 것이다. 약의 특허권을 지키려는 조사였는데 들춰 보니 너무 큰 사안이라 국제연합 인권위원회로 넘겨졌다.

인류의 고문 기술은 추악했던 20세기에 궁극에 다다랐고, 21세기에는 주춤하는 듯했다. 하지만 독재국가나 분쟁지역에서는 고문금지조약이 암암리에 지켜지지 않았는데, 지난 세기에 태어난 마스터들과 그들에게 사사한 젊은 고문 기술자들이 문득 새로운 아이디어를 떠올린 것이다. 인간의 몸이란 일단 고통을 최대한 잊도록 설계되어 있다. 개인별 편차는 있어도 기본적으로는 그러하다. 고문 기술자들은 그 점이 마음에 들지 않았고, 그래서 생각했다. 같은 고통이라도 잊지 못하게 만들면 어떻게 될까? 결과가, 효과가 다르지 않을까? 그 편리하다는 알약을 써볼까? 고문하고 또 고문해도 꺾이지 않는, 절뚝거리며 또 저항해오는 자들의 회복 기능을 완전히 망가뜨리는 게 가능할까? 고문 기술자들에겐 보통의 인간에게 있는 많은 자질이 없었지만, 실험 정신만은 넘쳤다.

가장 끔찍한 고문들이 연속 투약과 함께 이루어졌다. 국제연합 인권위원회가 개입했을 때는 살아남은 피해자들이 거의 없었다. 최장 연속 투약을 받은 피해자는 37일 동안의 고문을 기억하고 있었다고 한다. 고문을 이기고 구출되어 돌아왔지만, 몸의 기억 때문에 계속되는 쇼크는 끝내 이기지 못하고 죽었다.

✳

교통사고의 증가 추이에도 HBL1238이 관여했다. 늦은 밤 고속도로에서 추돌사고가 늘었는데, 사고를 유발한 운전자의 사망률이 높았으므로 초기에는 관계성이 쉽게 밝혀지지 않았다. 소수의 생존자가 입을 열었을 때도 사람들은 재빨리 알아채지 못했다.

"딴생각을 했어요."

단조로운 고속도로 운전 중에 딴생각을 하지 않는 이는 드물겠지만, 이때의 딴생각이란 단순한 곁가지 생각이 아니라 어떤 완벽한 기억을 말하는 것이었다. 수년 전에서 십수 년 전까지의 기억을 머릿속으로 재생하다가 심각한 교통사고들을 내고 만 운전자들을 아무도 쉽게 비난하지 못했다. 언제이건 약을 복용했던 이들은 종종 자기 머릿속에 갇히곤 했기 때문에 이해할 수 있었다. 몇 분이고 완전히 의식의 끈을 놓쳐버린 후 소스라치며 깨어나던 경험들을 두고, 오감을 완전히 잃은 것 같았다고 증언하는 사람들이 늘었다. 현재성을 압도하는 기억들을 담아두기에 사람의 의식이란 균열이 너무 많은 저수조나 다름없었다. 운전을 포함해 위험한 작업 중에는 기억에 빠지지 말라고 말들은 했지만, 그것이 뜻대로 가능한지 회의적일 수밖에 없었다. 어린 시절 삼킨, 이미 없는 사람과 함께 삼킨 약의 효과를 돌이킬 수는 없었다. 사람들은 도리 없이 기억에 감금되었다. 다행히 자동 주행 자동차들이 때맞춰 상용화되어 운전자들을 대신했다.

산업의 영역에서도 아이디어로만 존재했던 자동화설비와, 권고사항으로만 존재했던 안전장치들이 보급되었다. 발전소와 공장과 유전과 광산과…… 그동안 위험하고 고된 환경에 사람을 갈아 넣어 유지되던 곳들이 더 이상 버티지 못했다. 예전과 비교할 수 없이 큰 사고가 계속되자 사람의 영향을 덜 받는 기계 시스템화를 미룰 수 없어진 것이다. 흑자를 많이 보면서도 시설 개선에는 투자를 하지 않던 수많은 기업이 마지못해 변혁을 시작했다. 수명보다 너무 오래 쓰인 장비들이 드디어 교체되어 흰 목을 드리우고 버려졌다. 추락하고, 빠지고, 불타오르고, 무너뜨리고, 폭발을 일으킨 많은 노동자가 정말 HBL1238 복용자였는지 아니면 말도 안 되는 근로 조건이 진짜 원인이었는지는 여전히 의견이 분분하다. 늘어난 설비 탓을 하며 대량 해고를 감행하는 기업들도 없지 않았다. 할 일을 잃은 사람들은 더욱 기억에 잠겼다. 해고 노동자들 중 몇이 아사한 채 발견되기도 했다. 의지로 단식했는지, 가난으로 굶었는지, 그저 기억에 빠져 먹는 걸 잊었는지 확실히 알 수는 없었다.

*

　제약회사의 상하이 총무부에 문제의 택배가 도착한 것도 그즈음이었다. 직원이 박스를 풀었을 때, 처음에는 연구실 쪽에 가야 하는 샘플들이 잘못 왔다고 생각했다. 보존용액에 잠겨 있는 스무여 점의 해마. 그리고 "당신들 때문에 인류의 삶이 불행해졌다"로 요약할 수 있는 성명서가 동봉되어 있었다. 용기마다 분리된 해마의 원래 소유자들 사진과 사망 원인이 기재된 라벨이 붙어 있었고 상세한 내용이 전 세계에 보도되었다. 사망 원인은 주로 자살이었는데, HBL1238의 오남용과 관련이 있다고 한동안 의심되었던 난치성 뇌질환들도 몇 포함되어 있었다. 혹독한 비난과 함께 HBL1238의 전량 폐기와 생산 금지를 요구한 그 성명서에선 크고 작은 논리적인 비약이 쉽게 발견되었지만, 이후 동조자들이 국경을 초월하여 늘어났다.

　각국의 신문 1면에는 사건 보도와 함께 커다랗게 뇌 구조도가 실렸다. 나라별로 다른 일러스트, 다른 색으로 표시된 해마가 존재감을 과시했다. 사람들은 새삼 자신들의 머릿속에 들어 있는 그 기관의 단순화된 형태를 들여다보았다.

"……전혀 해마같이 안 생겼네."

✳

범죄 수사 관련자들은 HBL1238을 한껏 반겼다. 완벽한 증인들이 나타났기 때문이었다.

최초의 사례는 잘 기록되어 있다. 증거가 거의 남아 있지 않은 교살 사건이었다. 해결할 수 없을 거라고 모두 낙담한 상태였는데 증인 한 명으로 판세가 바뀌었다. 범행에 사용된 로프를 판매한 철물점 주인의 자녀가 범인을 기억하고 있었던 것이다. 가게 안의 CCTV는 범인의 모자 쓴 모습만을 비추었으나 정확한 시간이 찍혀 있었고, 범인이 가게에 들어서기 40여 분 전 증인이 공부하던 책을 펼치고 약을 삼키는 모습도 담고 있었다. 변리사 시험을 준비하던 이 휴학생은 범인의 얼굴을 평생 기억하게 되었지만 개의치 않았으며 차분하게 진술했다. 여전히 다른 증거들은 부족했지만, 확신을 갖게 된 검경이 용의자의 자백을 받는 데 성공했다.

의로운 목격자들이 HBL1238 등장 이전보다 훨씬 많아졌다. 때로는 피해자보다 더 오래 후유증에 시달리기도 했으므로 이들을 돕기 위한 기관이 따로 설립되기도 했다.

＊

엔터테인먼트 업계는 하늘색 알약을 가장 먼저 접했다가, 가장 먼저 버린 축에 속했다. 그들에겐 훨씬 더 재밌는 알약들이 많았기 때문에 HBL1238 정도는 시시하다고 생각했다. 다만 대본 암기에 문제가 있는 소수의 배우들만이 계속 약을 복용했다. 명배우, 국민 배우 중에도 복용자가 있다는 루머는 새롭지 않았다.

중견 배우가 파격적인 파업을 선언한 것은 그래도 놀라운 사건이었다. 배우는 십 대 후반에 모델로 데뷔하여 이십 대 초중반 모두의 연인이 되었고, 대중적인 드라마와 예술적인 영화를 오가며 폭넓은 스펙트럼의 연기를 했다. 대사를 해석하고 전달하는 능력이 뛰어났으나, 심한 난독증 때문에 대본 낭독자가 읽어주는 것을 듣고 암기해야 했었다. 파업 선언은 복용 고백과 함께 발표되었다.

"꼭 필요해서 먹는 건 아니에요. 하지만 전 원할 때마다 다시 대본을 들춰볼 수가 없어요. 낭독자분을 상시 대기 상태로 두는 것도 못할 일이고요. 여럿이 함께 일하는 곳이니까, 효율성을 생각해서 데뷔 이후로 줄곧 그 약을 먹고 있어요."

인기 토크 쇼에서 배우가 털어놓았을 때 사람들은 충분히 이해했지만, 그것이 왜 파업 선언으로 이어지는지는 곧

바로 납득하지 못했다.

"그러니까, 저는 다 기억한답니다. 제 가슴속에는 언제라도 터져 나올 것 같은 말들이 있어요. 젊은 날의 제가 최선을 다해 연기했던 한 줄 한 줄이 말예요. 잊히지 않는, 잊을 수 없는 대사들이……. 그런데 요즘 주어지는 건 형편없어요. 언제나 누구의 평면적인 어머니, 악의에 가득 찬 시어머니, 냉혈한에 가까운 기업 대표 역할만 순번을 바꿔 들어오니까요. 아무 감정도, 정보 값도 실리지 않은 시시한 말들만 외우자니 더 이상은 못하겠어요. 이건 의미가 없어요. 모조리 잊었더라면 차라리 계속 해나갈 수도 있었을 거예요. 하지만 기억하고 있기 때문에 매번 처절한 비교를 하지 않을 수 없어서요. 이대로는 안 돼요. 저와 뜻을 같이하는 다른 배우들도 있고요."

촬영장에서 두 세대에 걸친 배우들이 사라졌다. 그들이 사라지자 그렇지 않아도 얄팍했던 이야기들이 더 얄팍해졌다. 자리를 떠난 배우들은 소극장을 빌려 언젠가 그들에게 주어졌던, 연기할 만한 가치가 있던 극들을 재공연했다. 파업을 시작한 배우는 어디서 끊어 말하고 숨을 쉬는지까지 정확히 기억하고 있었다. 객석의 관객들은 다시 배우들과 사랑에 빠졌다. 공간을 꽉 채우며 발산하는, 대단한 에너지에 매혹되었다.

사람들은 그동안 여성 배우들을, 중년과 노년의 배우들

을 변명이 불가능할 정도로 형편없이 대해왔다는 걸 깨달
았다. 파업은 해프닝처럼 시작되었지만 굳건히 계속되었고
업계 사람들은 그동안 쌓아뒀던 대본들을 다 내다 버리고
새로 쓰기 시작했다. 피하지방층이 얇아지며 우아하게 드
러난 얼굴 뼈와, 복합적이고 입체적인 감정을 자유자재로
표현하는 섬세한 가로 세로 선들, 기량이 최고조에 달한 성
대를 위해 합당한 것들이 쓰여졌다.

　봄에 시작된 파업이 겨울에 끝이 났고, 배우들은 부드러
운 카디건 세트를 입고 촬영장으로 돌아왔다.

＊

　학계에서는 세대교체가 잦아졌다. 어떤 학문이건 간에
앞세대의 지식 체계를 체화해야 다음 것을 내놓을 수 있는
데, HBL1238이 그 체화 기간을 단축시켰다. 십수 년에서
수십 년에 걸쳐 기존의 것을 익혀야 자기 것도 제시할 수
있었던 과거를, 새로운 세대의 학자들은 놀랍도록 순식간
에 벗어던졌다. 긴긴 고치의 시간이 더 이상은 필요하지 않
게 된 것이다.

　이를테면 곤충을 연구하는 학자들은 표본 수만 종을 구
분하기 위해 평균 15년 이상을 들여야 했지만, 그 기간이
2년으로 압축되었다. 천문학자들은 머릿속 희미한 계절별

천도를 따라 보조 망원경으로 가늠해 가며 별 하나를 찾
곤 했는데, 이제 천도를 완벽하게 외워 손가락으로 가리키
면 거기 바로 찾던 별이 있을 정도였다. 어마어마하게 습
득하기 힘든 사어들을 쉽게 익힌 언어학자들은 고문서를
휘파람 불듯이 읽었고, 연대표를 완전히 장악하고 시작하
는 역사학자들은 신식무기를 배당받은 군인들처럼 자신만
만했다.

원로 학자들이 "이런 것은 진짜 학문이 아니다"를 외치
며 아무리 불편한 기색을 드러내도 그건 진짜였다. 학설
을 뒤집고 또 뒤집은 젊은 학자들은 원래도 뛰어난 사람
들이었다. 그저 HBL1238이라는 도구를 최대한 활용했다
는 점에서 전 세대와 구분될 뿐이었다. 학계가 나아가는 속
도가 얼마나 빨랐던지 따라잡는 데에도 알약이 필요하게
되었다.

✳

"그 약의 유일한 부작용은 부작용이 없는 것이었다."
블라우 박사가 죽기 전에 마지막으로 남긴 말이다. 사
실은 크리스마스 쿠키인 스니커 두들이 먹고 싶다는 게 마
지막 말이었지만, 제자들은 위의 말을 마지막 말로 간주하
기로 합의했다.

그리고 블라우 박사는 끝까지 틀렸다. 부작용은 나타났다. 늦게 나타났을 뿐이었다. 약이 상용화된 지 80여 년 만의 일, 세기가 바뀐 다음이었다. 유소년기 아동들에게서 특이한 양상의 인지장애가 발견되었다. 아이들의 머릿속에서 굵직한 정보가 젠가 막대처럼 불연속적으로 빠져나가고 있었다. 마치 비정한 누군가의 거대하고 조심성 없는 손가락이 작은 머리들 안을 헤집고 다니는 것만 같았다.

아무 이상이 없던 아이들이 갑자기 자신의 이름과 가족과 주소를 완전히 잊으며 미아가 되었고, 어제와 오늘을 연결시키지 못했다. 정확히 몇 퍼센트가 이런 증상을 보이는지에 대해서 초기 데이터는 매우 부정확했다. 모두 숨기고 싶어 했기 때문이었다. 1퍼센트 미만이라고도 하고 20퍼센트에 달한다고도 했는데 최종적으로는 절망적이게도 40퍼센트에 가까웠다. 교육 개혁 성공으로 행복한 아이들의 시대가 시작되었다고 외쳤던 사람들은 지독하게 좌절하여 침묵했다. 뭔가 중요한 것을 잊지 않았니? 잊지 않았다고 말해봐……. 아이들은 끊임없이 다그침을 받았다. 증세가 없는 아이들까지 스트레스에 무너졌다. 안전을 위해 아이들에게 3시간에 한 알씩 HBL1238을 투여할 수밖에 없었고, 그러기 위해서 유행이 지났던 기숙학교들이 다시금 세워졌다. 예민하고 스트레스에 약할 뿐이었는데 착오로 그런 학교에 보내진 이들도 적지 않았다.

일시적이고 가변적인 상황이라고 믿고 싶었지만 아니었다. 그 아이들이 그대로 성장했다. 노인들뿐 아니라 주력 세대가 인지장애에 시달리는 사회가 도래한 것이다. 사람들은 멀쩡하게 기능하는 것처럼 보이다가 어느 날 중요한 것을 완전히 잊었다. 아침 식탁에서 낯선 사람을 발견하고 물끄러미 바라보았다. 어디로 가야 하는지 잊어서 오전 내내 전철을 빙글빙글 타고 돌았다. 누군가의 손을 잡고 있었던 것 같은데 놓친 것 같은 기분을 어찌할 수 없어 그대로 서 있었다. 블랙 유머 중에서도 가장 짙은 유머들이 떠돌았지만, 기억이 불연속적인 사람들은 유머를 잘 이해하지 못했다. 비밀번호는 세상에서 완전히 사라졌고 각종 생체정보를 이중 삼중으로 확인할 수밖에 없었다. 생체정보의 누출과 악용이 끝없이 문제를 일으켰다. 다른 방편이 없어 각종 면허시험의 갱신 기간이 연 단위로 바뀌었고, 사회적 비용이 너무나 많이 들어서 파산 위기에 이른 국가가 한둘이 아니었다. 정부는 스스로를 거대한 클라우드 서비스로 변환했다. 강박적으로 정보 백업을 하면서도 사람들은 불안해했다. 불안해하다가 계속 그 불안 속에 살 수 없어서 불안마저 놓아버리는 사람들이 많았다.

누군가는 그런 사태가 그 약과는 직접적으로 연관이 없다고도 했다. 기억 기능을 정상적으로 사용하지 않아서 자연스럽게 퇴화한 거라고 말이다. 어디에도 자연스러운 구석은 없었지만 그 말을 믿는 사람들도 있었다. 일종의 사회적 정신병이라는 의견도 있었는데, 데이터가 축적되면서 빠르게 기반을 잃었다.

HBL1238 때문이었다. 어떻게 보아도 그 약 때문이었다. 뇌가 약을 갈망했고, 약이 제공하는 가공된 충격의 상태를 벗어나지 않고 싶어 해서, 기억의 입력과 출력이 통째 엉클어진 것이었다. 유전자 손상이 어떻게, 언제부터 일어났는지를 설명하는 데는 좀 더 걸렸다. 중독과 태내 흡수와 돌연변이 요인에 대한 가설들이 지지부진하게 얽혔다. 천억 개의 신경세포와 150조 개의 시냅스 사이를 헤매며 완벽하고 간명한 답을 찾기는 어려웠다. 제약회사가 책임을 부인하기 위해 들인 노력과 비용은 어마어마했는데, 그래봐야 기정사실화를 몇 년 지연시켰을 뿐이었다.

회사는 비난을 면하지 못했지만, 의외로 큰 손해를 보진 않았다. HBL1238이 패치 형태로 변신했기 때문이었다. 3시간에 한 번씩 투약하는 건 너무 번거로웠으므로 12시간짜리 패치에서 시작해 일주일용까지 나왔다. 실제로 패치를 필요로 했던 이들보다 훨씬 많은 사람들이 패치를 했다. 두려웠기 때문이다. 제약회사의 다른 부서는 체내 이식형 보조기억장치도 개발했다. 신경을 모방한 뉴로 모픽 컴퓨터였다. 보조기억장치는 사람들의 뒷덜미에 흰 거미 같은 흉터를 남겼다. 초기에 사람들은 그 흉터를 부끄러워했지만 시간이 지나자 오히려 머리를 짧게 자르고 흉터를 드러냈다. 타인의 신뢰를 얻기에 가장 편한 방식이었다. 업그레이드를 하면 거미의 다리가 늘어나서, 길고 가는 꽃잎을 가진 흰 꽃처럼도 깨진 유리처럼도 보였다. 대다수의 사람들은 패치를 선호했고, 일부의 사람들은 보조기억장치를 시작으로 신체 개조를 꺼리지 않게 되었다.

인류가 또 한 번 해결책을 찾았다고 안심하는 사람들도 있었지만 대개는 무언가 더 남아 있을 거라는 미적지근한 예감에 시달렸다. 그도 그럴 것이 여전히 지구 곳곳에서 사람들은 비극을 잊었다. 살해 현장에서는 바로 파티가 열렸고, 대학살은 순식간에 정당화되었으며, 독재자의 자녀들이 적법하게 정권을 계승받았다. 똑같은 구호를 외치며 똑같은 테러를 저질렀다. 비극을 잊어버리는 시대의 전쟁이란 말할 것도 없이 참혹했다. 인류의 역사가 곤두박질치고 있다고, 그나마 가치 있던 부분이 끝장났다고 고개를 흔드는 사람과 비참함이라곤 1그램도 느끼지 않는 사람이 어깨를 부딪치며 같은 길을 걸었다. 잊지 않은 사람들과 잊어버린 사람들은 서로를 불신했다.

"하지만 그전에는 이렇지 않았나요? 그 조그만 알약 전에는요? 끔찍한 일들이 없었다고 말해봐요. 그때도 사람들은 이 모든 참혹을 다 잊지 않았나요?"

패치 때문에 붉어진 어깨의 네모를 긁으며 건조한 얼굴

로 묻는 사람들도 물론 있었다. 그런 관점에서라면 HBL 1238도, 그 부작용도 그저 사소한 우연이었을 뿐이었다. 그전에도 거대한 회사들이 세계를 지배하는 동시에 망쳤고, 매번 해결책 대신 미봉책만을 택했으며, 사람들은 시대가 흘러가는 진행방향의 굵은 화살표 위에 앉아 불행의 원인을 쳐다보지 않았다. 괴로워하며 더 괴롭게 만드는 액체를, 고체를, 기체를 삼켰다.

작은 하늘색 알약은 모든 것을 바꿔놓았고 동시에 아무것도 바꾸지 못했다.

목소리를 드릴게요

여승균(34세, 서울 출생, 영어 교사)은 수용소에서의 첫날을 기억하지 못한다. 마취제 민감성 체질인데, 정부에서는 그런 점을 전혀 고려해주지 않았기 때문이다. 승균은 평균치보다 두 배는 긴 시간 동안 의식을 잃었다.

수용소에서의 둘째 날을 맞고야, 뻣뻣한 목을 문지르며 소장과 면담을 할 수 있었다.

"선생님께서도 저희 입장을 충분히 이해하고 계시리라 믿습니다만……."

소장은 키가 작고 눈웃음이 인상적인 오십 대 남자였다. 체구가 작고 매무새가 깔끔했지만, 근원을 알 수 없이 위압적인 분위기를 풍겼다. 작은 접이칼처럼 위험한 남자가 아

닐까, 승균은 마취에서 덜 깬 정신으로 생각했다. 마취 후유
증은 꼭 숙취 같았다.

"제가 왜 이런 일을 당해야 하는지 전혀 모르겠는데요."

어렴풋한 의심은 있었지만, 그것을 입 밖으로 꺼내 말하
면 정말로 위험해질 것 같아 안간힘을 써 잡아떼고 싶었다.

"지금, 선생님 제자들 중 무려 열여섯 명이 살인자가 되
었다는 사실을 부인하시려는 겁니까?"

소장의 눈매가 날카로워졌다. 승균은 불편한 의자 위에
서 움찔거리고 말았다.

희미하게 뭔가 잘못되었다는 생각을 하긴 했다. 기간제
로 2년, 정교사로 4년째인데 맡았던 아이들의 소식이 늘 흉
흉했다. 열여섯 명이라는 구체적 숫자까지는 몰랐지만 승균
에게도 들려오는 소식들이 있었다. 처음은 졸업생이 군대에
서 사고를 일으켰다는 것이었다.

"그 녀석 온화하고 조용한 성격이었는데, 왜?"

"그런 애들이 뺑 돌면 더 못 말리잖아요. 선임을 쐈대요."

소식을 전한, 같은 해 졸업생이 인상을 찌푸렸다.

"폭력 성향이라곤 전혀 없었는데 이상한 일이네."

예전보다 나아졌다 해도 군대는 끔찍한 곳이지, 사람은
변할 수 있지…… 쓸쓸하게 생각했지만 크게 마음에 두진
않았었다. 세상은 망가져 있고 교사가 할 수 있는 데는 한
계가 있었다. 시민들을 양성해 내보내고 시민으로 기능하

길 바랄 수밖에.

그다음으로는 엠티에 가서 동기를 계곡에 밀어 떨어뜨린 아이, 술집에서 시비가 붙어 맥주병을 깨 상대를 찌른 아이, 음주운전 뺑소니를 친 아이, 성관계 도중 상대의 목을 졸라 죽인 아이, 방화 살인을 저지른 아이, 집단 자살 팀을 모아 다른 사람들만 죽게 내버려두고 혼자 빠져나온 아이, 사람을 지하실에 가두고 고문한 아이, 유괴 살인을 저지른 아이, 지하철 코인로커에 폭탄을 설치한 아이, 링거액에 독극물을 타는 수법으로 병원 하나를 초토화시킨 아이, 공사장에서 아르바이트를 하다가 행인에게 대형 전기드릴을 떨어뜨린 아이, 고깃집에서 손님과 싸움이 붙어 화로 집는 꼬챙이로 찌른 아이…….

졸업생들의 소식을 곱씹으면 잠이 오지 않았지만 약을 처빙받아 이떻게든 버텨내려 했는데, 곧 재학생들이 일을 일으키기 시작했다. 패싸움 중에 사망자가 나왔다. 개교 이래 최초였다. 심지어 사건이 일어난 것은 수업 중이었고, 교사가 어쩌기도 전에 날카로운 학용품과 순식간에 쪼갠 청소도구로 서로를 찔렀다고 했다. 리놀륨 바닥에서는 오랫동안 핏기가 가시지 않았다. 목격자들은 한동안 상담 치료를 받았다. 속수무책이었던 교사가 징계를 받은 것은 물론이었다.

승균이 여고로 옮긴 것은 위벽에 염증을 만드는 직감 때문이었다. 뭔가가 크게 잘못된 것만 같아, 새벽마다 메슥거림에 잠들지 못했다. 마치 인류가 얼마나 흉악한 종인지 누군가 그에게 개인적으로 알려주기 위해 세상을 움직이는 듯했다. 대단히 열정적인 교육자는 아니었지만 학생들에게 애정이 없지 않았는데, 교단에 서면 어디를 바라봐야 할지 모르는 상태가 되어버렸다. 특단의 조치가 필요해 여고로 향했다. 그러나 여고에 가면 그런 일이 멈추리라 생각한 것은 착오였고, 여자라고 사람을 못 죽이는 건 아니었다.

"통계를 벗어난 일이라고 여겼지만 제가 그런 일에 어떻게든 영향을 준 적은 없습니다. 그 아이들이 다 제 담임반이었던 것도 아니고요."

승균의 미미한 항의에 소장이 다시 눈으로 웃었다.

"선생님의 목소리 때문이었습니다."

"제 목소리요?"

"그 학생들은 담임반이든 아니든 선생님의 목소리를 6개월 이상 들었지요. 수업은 담당하셨잖습니까."

"걔네를 담당한 교사가 저 하나만은 아니었을 텐데요?"

"우리 요원들이 오래도록 잠복해서 얻어낸 결과입니다. 선생님의 목소리 샘플로 국립기관에서 실험도 했어요. 폭력적 인자를 가진 이들에게 들려주면 일종의 각성 효과를 내더군요. 특이한 주파수를 가진 것도 아닌데 어째선지 선생님의 목소리는 살인자들을 깨웁니다. 선생님의 얼굴도 아니고 냄새도 아니고 바로 목소리입니다."

냄새? 냄새도 채집한 적이 있나? 얼떨떨하게 중요하지 않은 정보에 잠시 정신이 팔렸다.

"그게…… 사실이라 해도, 제가 의도한 건 결코 아닙니다. 아무 악의 없이 평범하게 살던 사람을 이런 곳에 가두다니요? 민주 국가에서 이게 무슨 일입니까? 대체 여긴 어딥니까?"

"말씀드릴 수 없습니다. 그리고 저희는 선생님을 가둘 생각이 없어요. 적당한 합의에 이르면 바로 내보내드리겠습니다."

"합의요?"

"성대 제거술을 받으시지요."

승균은 충격을 받았다. 소장의 믿기 어려운 설명이 진실에 가까우리란 걸 깨달았고, 일견 합리적인 제안이었으나 잠시 말을 잃을 수밖에 없었다.

"하지만 전 교직에 있어요. 그렇게 되면……."

"연금을 최대한도로 드리겠습니다. 그리고 말을 할 필요가 없는 다른 직장도 알아봐드릴 거고요. 뭐, 곧바로 결정하실 필요는 없습니다. 며칠 고민해보세요."

"만약 제가 끝까지 제거술을 받지 않으면 어떻게 되는 겁니까?"

"선생님께서는 지금 해외 장기 연수를 받는 것으로 해두었습니다. 만약 제거술을 받지 않겠다고 결정하시면 연수 중 사고를 당해 사망했다고 가족분들께 통지가 갈 것이고 선생님께서는 여기에 계속 계시게 될 겁니다. 그 경우에도 선생님의 편의를 위해 최선을 다하겠습니다만, 부디 신중히 선택해주세요."

✳

승균은 수용소의 위치를 전혀 짐작할 수 없었다. 수용소의 담은 별로 높지도 않은데 보이는 게 하나도 없었다. 나무 끄트머리 하나 보이지 않고, 썩은 우유 같은 하늘만 보였다. 평지인지 산 위인지도 알 수 없었다. 바다 냄새가 나지 않는 걸 보니 섬은 아닌 게 확실했다. 수용소 내부 역시 특징적인 요소 없이 폐쇄적인 의료 시설 정도의 풍경이었다. 규모도 그렇게 크지 않아 밖에서 보면 수용소인지도 짐작하지 못할 것이다. 성의 없이 지은 기업 연수원 정도의 건물로 보일 터였다.

생각보다 음식은 나쁘지 않았다. 이반 데니소비치처럼 양배추 생선국에 목숨을 걸어야 하는 환경을 떠올렸지만 아니었다. 세기가 바뀌긴 했어도 아직 그런 나라들이 상당히 남아 있을 텐데 대한민국은 제법 괜찮은 나라구나, 승균은 감탄했다. 최근에 많이 나아진 학교 급식보다도 식사의 질이 높았다. 전날 어묵국이면 다음 날 빨간 어묵국인 식도 아니고 균형 잡힌 메뉴가 매일 다르게 나왔다. 수용 된 인원이 적으니 재료도 고급을 쓰는 것 같고 양도 충분했 다. 좋은 나라야……. 밥을 먹고 나면 자주 중얼거렸다. 하 긴 열여섯 명의 살인자를 각성시켰고 그 열여섯이 서른 명 에 가까운 희생자를 낸 것에 간접적인 책임이 있는데, 바 로 죽이지 않고 이런저런 선택권을 줬다는 사실부터 살짝 감읍할 정도였다.

말이 수용소지, 한적하고 한가했다. 강제 노동 따위는 없었고, 수용된 이들은 각자의 공간에서 자유로운 생활을 하기에 자주 마주칠 일도 없었다. 그래서 나머지 수용자들 에게 익숙해지는 데 시간이 좀 걸렸다.

승균에게 처음 말을 건 사람은 머리카락 선동가인 정하 민(21세, 대전 출생, 무직)이었다.

"왜 소장님이 여선생, 여선생 하나 했더니 성이 여 씨였 군요! 괜히 기대했네. 형은 어쩌다 여기 왔어요?"

한눈에도 상당히 사교적인 친구였다. 승균은 띄엄띄엄 한 설명으로 수용 이유를 밝혔다.

"형은 성대구나……. 전 머리카락과 모든 체모를 레이저 로 제거하면 나갈 수 있대요."

하민은 대전 근교에서 대학 입시를 준비하던 재수생이 었다고 했다. 재수를 한다고 하긴 했는데 그다지 열심히 했던 것 같지는 않았다. 그런 하민이 유일하게 열정을 가졌던 분야는 아마추어 천문관측으로, 싸고 조악한 것이긴 했으나 천체 망원경도 하나 구입했던 모양이었다.

"살던 곳이 상점가였거든요. 그런 데선 별이고 뭐고 안 보이죠. 빛 공해 때문에. 망원경 들고 한참 논밭 한가운데로 걸어 나가면 저만의 스팟이 있었는데…… 가로등이 신설된 거예요. 충격받았다니까요. 물론 사람들 편하자고 그런 거였겠지만 어찌나 과하게 환한 걸 설치했던지."

하민은 한 달가량 저놈의 가로등 확 도로 없어졌으면 좋겠다, 생각하고 다녔다. 그 생각은 머리카락과 함께 거리 곳곳에 떨어졌고, 거리를 걷던 사람들은 가로등에 대한 깊은 반감을 마치 자기 자신의 것인 양 받아들였다. 생각은 어느 순간 과격한 방식으로 행동에 옮겨졌다. 누군가는 돌을 던졌고, 누군가는 전선을 끊었고, 누군가는 트럭으로 가로등을 넘어뜨렸다. 며칠 새 반경 5킬로미터 내의 가로등이 전부 파괴되었다. 심지어는 신호등도 일부.

"가로등이어서 다행이었죠. 어유, 제가 그 동네 개나 고양이들이 다 사라지길 바랐으면 어쩔 뻔했어요? 아니면 노인이나, 외국인이나, 여하튼 특정한 사람들을 싫어했으면…… 끔찍한 일이 일어났을 수도 있었잖아요?"

위험한 능력을 가진 것치고 가치관이 건전해 보이는 하민은 여전히 등골이 쭈뼛한 듯했다.

"그 일이 벌어지기 전에도 이런저런 생각을 했을 텐데, 그럼 그런 능력이 있다는 걸 아예 몰랐던 거예요?"

몰랐던 것은 승균도 마찬가지였지만 기이하게 느껴졌다.

"아, 모르시는구나? 요원들이 말해줬는데, 우리 같은 사람들이 두각을 드러내는 건 만 19세 생일이 지나고 나서래요. 이상하죠? 옛날 사람들이 뭔가를 알았나봐요. 그래서 성년례도 하고 그랬던 게 아닐까 싶어요."

"머리카락은…… 가발을 쓰는 걸로 어떻게든 할 수 있지 않아요? 요즘은 눈썹 문신도 한 올 한 올 그려주던데."

"무슨 소리 하시는 거예요? 머릿발이 얼마나 중요한데."

"자유보다도?"

승균은 어느새 스스로에게 묻고 싶은 걸 하민에게 묻고 있었다.

"적당할 때 레이저 시술을 받기로 하면 군 면제에 국립대 학위까지 줘서 내보내준다니까……. 언젠가는 받긴 받겠죠. 하지만 몇 년쯤은 이렇게 편하게 지내고 싶어요. 가족들한테는 대학에 입학하자마자 교환 학생을 간 걸로 되어 있어요. 그런 대학이 대체 어딨다고. 자세히 안 따지는 사람들이라 다행이지 않아요?"

"아무 의심도 안 하세요? 아무도?"

"요원들이 외국에 있는 우리 모습 기깔나게 합성해서

여기저기 보내주기도 하거든요. 의외로 포토샵들을 잘한
다니까요."

느긋해 보이는 하민의 분위기에 승균도 슬쩍 전염되었
다. 일단은 편하게 지내도 되지 않을까 싶었다.

＊

하민 다음으로 만난 건 터줏대감, 슈퍼 보균자 김경모
(64세, 포항 출생, 자영업자)였다.

"아이고, 젊은 분이 들어왔군요."

미리 설명을 들었던지라 좀 꺼림칙한 기분이 들었던 게
사실이었지만, 승균은 경모가 내미는 손을 얼른 잡고 흔
들었다.

경모는 스스로는 발병하지 않지만 온갖 바이러스와 세
균을 타인에게 옮긴다고 했다. 그것도 가장 치명적인 형태
로. 경모는 처음에 주변 사람들이 앓다가 죽어가는 것을 믿
을 수 없을 만큼 불운한 일이라고 여겼으나, 불운 이상이
벌어지고 있다는 걸 스스로 깨달은 다음에는 정부 기관에
먼저 연락을 취했다. 당시에는 거의 시스템이랄 게 없었고
경모처럼 자진하여 연락해 온 사람들이 공무원들과 함께
청사진을 그렸다고 한다. 승균도 다른 수용자들도 어떤 의
미에선 경모가 만든 수용소에 살고 있는 것이었다. 자발적

으로 갇힌 사람, 가까운 모두를 잃은 사람 특유의 분위기가 경모에게 있었다. 가만있을 때에도 움직일 때에도 무거운 공기 속에 있는 것처럼 느껴졌다. 무거운 공기…… 그것은 경모의 전혀 바라지 않았을 능력과도 맞물렸다.

"괴물들끼리는 아무것도 옳지 않습니다."

긴장해 있는 승균에게 경모가 말을 붙였다. 승균은 괴물이란 말에 흠칫했다.

"그리고 제대로 연구된 적은 없지만, 폐암으로 죽은 사람도 아직까지 없습니다. 저만 해도 이렇게 마음껏 피우는데도 깨끗해요."

수용소에 들어오기 전에 연기 자욱한 당구장을 경영했다던 경모는, 입에 물고 있던 담배를 하민에게 건넸고 하민이 다시 승균에게 건넸다. 일종의 신고식인 것 같아, 조심히 받아 한두 모금 빨았다. 비흡연자인 게 티가 날까 뵈 괜히 위축되었다. 경모는 그 모습을 말없이 지켜보고는 다시 자기 방에 틀어박혔다.

"하지만 이해가 되지 않아요. 저분이 슈퍼 보균자라면 어째서 소장이나 다른 관리 요원들은 감염되거나 죽지 않죠? 저랑 하민 씨 능력에도 영향을 받지 않는 것처럼 보이고요."

승균이 혼란스러워하며 하민에게 묻자, 입소가 고작 몇 달 빠를 뿐인 하민이 의기양양해하며 알려주었다.

"저 사람들, 일목인(一目人)이라서예요."

"……눈 두 개 다 있던데?"

"아니, 하나만 바라본다 해서 일목인이에요. 특별한 능력이 있는 건 아니지만 원하는 요소 하나만 충족해주면 뭐든지 가리지 않고 해요. 우리랑 계통은 좀 다르지만 괴물이라는 점은 같죠. 괴물끼리 항체 같은 게 있는 거예요. 우리가 바깥에서 얼마나 이상한 일을 일으켰든 간에, 저 사람들한테는 완전 무영향이라니까요."

일목인들은 오로지 하나의 요소에만 반응하고 아주 일관된 목적의식을 갖는 이들로, 승균의 어림짐작과는 달리 돈, 권력, 명예같이 흔하고 그럴듯한 것에는 반응하지 않는 모양이었다. 하민이 그동안 봐온 일목인들은 특정 모델의 잠수함, 멸종 위기의 양치식물, 17세기 고가구의 경첩, 무용하지만 복잡한 과정을 거쳐야 얻을 수 있는 희귀 금속 결정 등 다소 뜬금없는 것들에 집착한다고 했다.

"하지만 그건 하급 간수들 얘기고, 소장의 일목 대상이 뭔지는 아무도 몰라요. 이 근처에서는 일급비밀인가 봐요. 바둑 친구인 경모 아저씨는 알지도 모르지만."

하민이 재미있다는 듯 말했다. 재미있을 상황은 아닌데 재밌긴 했다. 승균은 자신도 그런 대상이 있었다면 더 열심히 살았을까, 더 추진력 있게 성큼성큼 살았을까 상상해보았지만 잘되지 않았다.

"일목인들은 대개 일찍이 선별되어서 여기같이 그림자진 곳에서 일하는 공무원이 된대요. 일목 대상이 기묘한 것일 때 개인으로서는 해결이 안 되는 부분을 정부가 해결해 주고 일을 시키는 거겠죠. 능률적인 걸로 치면 따를 이가 없다니까 상부상조고, 어디 가서 민감한 이야기 한번 퍼뜨린 적도 없다니……. 민감한 이야기가 우린 건 좀 그렇지만요."

"하나만 목적으로 하는 건 우울하지 않으려나?"

"꼭 그렇지만도 않나 봐요. 온갖 위인들이 다 일목인이었다고 주장하던데요. 무척 자부심이 있나 봐요."

그 말에 문득 여자친구 생각이 났다. 자기는 왜 그렇게 자기 인생에 하나도 자부심이 없어? 하고 서늘한 목소리로 묻던. 납치되어 오기 전부터 냉전 중이었는데 어떻게 해야 할지 감도 오지 않았다.

*

가장 친해지기 힘들었던 수용자는 어린 구울(ghoul)이었다.

"뭘 굽는다고요?"

"아뇨, 구울이라니까요."

"굴이라고?"

"아뇨, 어패류 말고 시체 파 먹는 구울!"

승균은 정식으로 소개받기 전에도 긴 머리의 아이를 먼 발치에서 목격한 적이 여러 번 있었다. 대개 작은 삽 따위를 들고 정원 일을 하고 있었다. 설마 같은 처지라고는 생각하지 못하고 여기 왜 어린이가 있는 걸까 궁금해하던 참이었다. 식사 시간에도 한 번 마주친 적 없어서, 모종의 예외적인 이유로 수용소 내부에 머물고 있는 간수의 가족이려니 했다. 구울의 식습관에 대해 이해하고 나서야 모든 정보가 맞춰졌다.

이수현(11세, 원주 출생, 미분류 생물)은 승균을 똑바로 보지 않았다. 그게 수현의 성격인지 구울의 특성인지 판단할 수 없었다. 기껏해야 일고여덟 살 정도로 보이는데 열한 살이라니 놀라웠다. 그게 다 자란 키고 더 크지 않는다고 했다.

"원래는 땅을 깊이 파고 다니거든요. 크면 별로 안 좋아요."

물에 젖지 않았는데도 습해 보이는 데다가 온통 엉킨 머리카락, 작고 뾰족하게 두 줄로 난 이빨, 굽은 등을 한 수현이 말했다. 멀리서 보기에는 보통 아이처럼 보였지만 가까이에서 봐서는 착각할 일이 전혀 없겠구나 싶었다. 일단 이빨만 해도 여든 개는 족히 되어 보였다.

알려진 대로, 구울들이 처음 사람들과 접점을 가진 것은 중동 지역에서였다. 이후 아라비아 상인들의 활발한 이동과 함께 전 세계로 퍼져나갔고, 한반도에는 통일신라 후기에서 고려 초에 정착했다고 한다. 구울들은 좁고 보는 눈 많은 한반도에서 살아남기 위해 여러 방도를 궁구해왔는데, 수현의 부모 세대쯤에서 어떤 은신법보다도 주민등록을 획득하는 게 생존율이 높다는 점을 깨달았다. 이빨이 나지 않은 상태의 구울 유아들은 보통 아기들과 크게 달라 보이지 않았으므로 쉽게 대한민국의 시민이 될 수 있었고, 덕분에 이전 시대처럼 눈에 띄는 족족 살해당하는 일도 줄었다. 시스템에 등록된 시민을 죽이는 건 무덤가의 미분류 생물을 죽이는 것보다 훨씬 번거로울 수밖에 없었다.

　"아니, 우리가 뭐 사람을 죽이냐고? 이미 죽은 걸 먹는데 뭐가 어때서. 박테리아가 먹나, 우리가 먹나 무슨 차인데? 이 중에 내가 제일 안 위험할걸요?"

　수현은 수용소 생활에 별로 만족하는 것 같지 않았다. 하지만 매장보다 화장이 대중화되는 바람에 무덤들엔 살점 하나 없이 뼈만 가득하고, 괜한 위험을 감수하긴 싫어 수용소에 머무는 중이랬다. 수용되어 있는 게 아니라 보호받고 있는 거라고 긴가민가한 주장을 펼치기도 했다. 정부는 또 한 번 근사하게 개입하여, 연구용으로 기증받은 합법적 시신들을 수현에게 공급해주었다. 수현은 정원에다가 이런저런 신체 부위를 묻어두고 숙성시켜 먹는다며 부위별로 다른 숙성 기간에 대해 이야기하고 싶어 했지만, 승균으로서는 별로 알고 싶지 않은 정보였다. 수용소에서 불의의 사고 같은 걸로 죽으면 수현의 식사가 되는 게 아닐지 의심스러웠다. 그런 의심을 해소시켜줄 만한 사람도 없었다.

머릿속의 여러 찜찜한 생각들과는 별개로, 승균은 수현에게 안쓰러운 마음을 가지게 되었다. 수현은 잠을 거의 자지 않는지, 낮에도 밤에도 수용소 가장자리의 흙을 지분거리고 다녔다. 구울의 전통적인 식사 시간은 심야였으므로, 같이 밥을 먹어줄 사람도 없었다. 꼭 시간만이 문제는 아니었지만……. 고작 열한 살에 혼자 밥을 챙겨 먹고 또래도 없이 지낸다는 건 서러운 일일 터였다.

차마, 다른 구울들의 소재를 묻지는 못했다.

＊

승균은 수용소에 오래 머물 생각이 아니었다. 고민이야 됐지만 딱히 선택권이 다양한 것도 아니고, 결국은 성대 제거술을 받게 되려니 했던 것이다. 그저 몇 달 유예 기간을 갖자, 공동체를 위해 희생하려는데 유급 휴가 정도는 누려야 하지 않겠는가, 그런 자포자기 상태에 가까웠다.

월급이 그대로 나왔고, 생활공간은 쾌적했다. 인터넷을 직접 사용할 수 없다는 게 힘들 뿐이었다. 처음 며칠은 손이 덜덜 떨릴 정도였다. 메일이나 메신저의 답은 승균이 부르는 대로 담당 간수들이 받아 적어 보냈다. 그렇게 자주 연락이 오지는 않았다. 웹툰, 웹 소설, 웹 드라마는 스크롤과 클릭을 대신해주는 간수와 함께 봐야 했다. 검열을 하는 것은 아니지만, 승균이 기기로 어떻게든 외부와 연락할까 지켜보는 듯했다. 무표정하게 곁에 앉은 일목인이 혹 지겨워하는 건 아닌지, 나아가 승균의 취향을 비웃고 있는 건 아닐지 신경이 쓰였지만 심심한 것보다는 나았다. 쇼핑도 마찬가지였다. 대형 화면에 창을 띄우고 말로 부탁하면 대리 클릭을 해주었다. 평소에 그다지 쇼핑을 즐기지 않았던 승균은 대뜸 노래방 기계를 구매했다. 간수가 작은 블루투스 마이크형을 누르려고 할 때 "아뇨, 그거 말고 큰 거. 제대로 된 거." 하고 강력하게 주장했다. 투박한 디자인의 육중한 기계가 오는 데는 나흘이 걸렸다.

　노래를 잘하는 편은 아니었지만 승균은 노래방을 좋아했고 분위기를 잘 띄운다는 칭찬도 종종 받았다. 의사소통이야 수화를 배우고 필담을 한다 쳐도, 노래는 이제 끝이겠구나 싶어 뽕을 뽑아야겠다는 생각이 들었던 것이다. 학습 계획표를 꼼꼼하게 짜던 체계적인 교사답게, 첫 장 '가'로 시작되는 노래부터 하루 한 페이지씩 아는 곡은 다 부르기로 했다. 대개의 날엔 한 페이지에 다섯 곡 정도였고, 드물게 한 곡도 없거나 스무 곡이 넘는 날도 있었다. 다른 수용자들을 방해하지 않기 위해 방에서 혼자 기계를 틀었지만, 하민이 자주 놀러 왔고 가끔 경모도 들러 오래된 노래를 불렀다. 그렇게 다른 사람이 부르는 걸 듣다 보니 알게 되는 노래들과 늘 틀어두는 TV에서 금방 배우는 최신 유행곡들을 더했고, 수용소에서 친절하게도 노래방 책에 새로 추가되는 페이지들도 구해줬기 때문에…… 예상보다 훨씬 길게 수용소에 머물게 되고 말았다.

여자친구와 헤어지고 나서는 사랑 노래 부르는 게 약간, 아주 약간 힘겨웠다. 전화 통화로 헤어지고 싶었는데 수용소 측의 금지로 불가능했다. 짧은 문자로 헤어졌고, 아마 바깥 세계에서 최악의 남자로 소문나고 말았을 터였다. 여자친구가 시원하게 자신을 잊고 나아가길 바라는 마음만은 진심이었다. 수용소에 들어와 보니 머리가 맑아져서 깨달았는데, 애초에 여자친구가 너무 아까웠다. 누가 봐도 아까웠을 것이다. 여성의 비율이 훨씬 높은 교직 사회라 승균에게도 기회가 있었던 것이지, 아니었으면 어림도 없었다. 여자친구는 똑똑하고 정서적으로 안정된 사람이었다. 이른 아침에 온 가족이 EBS 영어회화 프로그램을 틀어놓고 함께 시청하는 좋은 집안에서 자랐다. 그에 비해 승균은 오래전에 뿔뿔이 흩어진 가족들과 거의 연락하지 않았고, 혼자 불규칙하게 살며 밤새 무익한 프로그램을 보다가 해가 뜨면 우울감에 몸을 일으킬 수 없어 병가를 낼 때도 있었다.

두 사람 다 겉보기엔 성실했지만 승균의 성실함은 환경과 기질을 이기기 위한 안간힘 쓰기에 가까웠고, 여자친구에게는 자연스러운 것이었다. 사귀는 기간이 길어지며 여자친구는 그 차이를 알아챘던 것 같다. '내가 왜 너 같은 놈이랑 시간을 낭비하고 있지?'로 읽히는 차가운 판단이 눈 속을 스쳐 지나가는 걸 보았다. 지극히 비언어적으로 전해져오는 언어들이 있었다. 회의의 말들이.

한동안 가슴앓이를 했지만 그럼에도 사랑하느냐, 관계를 되돌리고 싶으냐, 인어 왕자라도 된 것처럼 목소리와 바꿔서라도 만나러 가고 싶으냐, 물어온다면…… 그건 아니었다. 승균은 털고 일어나 포토샵 담당자에게 해외에서 지내는 자신의 모습을 한층 멋지게 합성해달라고 부탁했다. 여자친구가 그 사진들을 보며 욕하고 있을 걸 알기에.

그즈음이었다. 자기도 모르게 중얼거린 것은.

"나가지 말아버릴까?"

중얼거리는 목소리가 다른 사람 목소리인 줄 알았다. 마치 무의식이 직접 말을 걸어온 것처럼 느껴졌다.

"그냥, 나가지 말아버릴까?"

문득문득 낮은 목소리로 말이 터져 나오는 일이 반복되었고, 승균은 의외의 결론으로 흘러가는 자신을 발견했다. 수용소에서 승균의 삶은 만족스러웠다. 건조하고, 소박하고, 만나고 싶지 않은 사람은 아무도 만나지 않아도 되었다. 사실 가장 피하고 싶은 존재는 가족들이었다. 만나면 서로 싸우고 상처 주고 더러운 기분만 길게 남았다. 경기 남부의 만석꾼이었던 할아버지가 세상을 뜨며 적자들에게는 알짜배기 옥토를 나눠주고, 서자인 승균의 아버지에게는 멀리 떨어진 자갈밭을 주었는데 그 자갈밭에 신도시가 들어서는 바람에 크게 이익을 본 게 갈등의 씨앗이었다. 가지고 있던 논밭도 못 지킨 본가의 자식들이 원망에 가득 차 있는지라, 모이면 칼부림이 나지 않는 게 다행이었다. 차별받고 자란 아버지가 또다시 가정 생활에 실패한 건 뒤틀린 농담 같은 일이었다. 승균도 따지고 보면 혼외 자식이었다. 자갈밭을 판 돈으로 호의호식하며 취미 삼아 분당 근교에 인도어 골프장을 차린 아버지는, 잘나가는 학원 강사였던 어머니를 유혹했다. 승균이 태어났을 때도 전처와 이혼이 덜 끝난 상태였으니 깔끔한 구석이 없었고, 억지로 이복 형 누나와 교류를 하려던 시도는 처참히 실패했다. 어머니는 결혼과 잘 맞지 않는 성격이었기에 승균이 초등학교에 들어가자마자 아버지와 이혼했다. 승균을 두고 가며 미안하기는 했는지, 생일엔 잊지 않고 비싼 전자기기를 사주었으나 그걸로는 불충분했다. 승균은 방치된 채, 아버지의 인도어 골프장 초록색 그물망 안에서 자랐다. 어쩌면 수용소에 잘 적응한 이유도 어린 시절과 비슷해서인지 모른다. 깨진 골프공을 주우러 다니고 캔 음료로 식사를 때우던 그 시절에서 사실은 크게 벗어나지 못했기 때문에 사회로 돌아가고 싶지 않은 건지도……. 해외에 있는 것으로, 혹은 아예 죽은 것으로 하고 아무도 만나지 않으면 홀가분할 것 같았다. 나가는 모임은 몇 있었지만 죽고 못 사는 우정 같은 것은 경험하지 못했다. 직장 동료들과 제자들 중에 몇몇은 승균에 대해 떠올릴지 몰라도 크게 그리워하지는 않을 것이었다. 밤마다 곰곰이 머릿속을 뒤져봐도, 10년, 20년 거슬러 올라가봐도 바깥세상에 만나야 할 사람이 없었다. 목소리를 잃어가면서까지, 물거품이 될 각오를 하면서까지 만나고 싶은 사람이 단 한 명도.

그럼 이대로도 좋지 않은가? 수용소인 주제에 매주 토요일마다 맥주도 두 캔씩 주었다. 축구 경기가 있는 날에는 새벽까지 텔레비전을 봐도 뭐라 하지 않았다.

승균은 그렇게 수용소에 자리 잡기로 했고, 미러볼과 컬러 조명 구매 대행을 신청했다.

＊

다른 사람들 역시 풍부한 취미 생활을 영위하고 있었다. 하민은 그 나이 또래답게 온갖 종류의 게임 콘솔을 다 갖추고 있었다. 온라인 접속만 금지되었을 뿐, 게임 타이틀을 플레이하는 것에는 아무 제약이 없었다. 승균은 딱히 게임을 즐기지는 않는 편이라 몇 시간만 하면 질리고 말았지만, 하민은 전혀 그렇지 않은 모양이었다. 종종 핏발 선 눈을 하고 오후에야 식사를 하러 나타났다. 어차피 갇혀 있는데 천천히 플레이하면 안 되는 걸까? 승균은 늘 느긋해 보이는 하민이 쫓기는 사람처럼 게임을 하는 것이 얼마간 신기했다. 때로 예의상 초대에 응해 함께 게임을 하며 밤을 새울 때도 있었지만, 그뿐이었다.

소장이 발령받기 전부터 수용소에 있었다던 경모는 소장과 친구나 다름없었다. 두 사람은 바둑, 장기, 체스, 트럼프, 화투 등 온갖 종류의 보드게임을 즐겼다. 승균도 처음에는 몇 번 끼었다가 두 사람의 연륜과 판돈 규모에 기가 눌려 곧 발걸음을 멈췄다. 수용소 안에서 돈은 장난감 돈처럼 가치가 없었지만, 어쩐지 승균은 돈을 쓸 수가 없었다. 바깥에 대한 미련 때문이라기보다는 타고난 그릇이 작아서인 듯했다. 경모의 방 한편에는 예전 사업장에서 들고 온 특제 당구대도 구비되어 있었다. 경모는 거의 프로에 가깝게 사구를 쳤고, 포켓볼 정도만 칠 줄 알았던 승균은 처음부터 제대로 배울 기회를 얻었다. 슈퍼 보균자는 그의 몸속에 들끓는 병균들보다도 사교적이지 않은 인물이었지만, 적어도 좋은 당구 선생이기는 했다.

수현은 좀비 영화 수집가였다. 좀비가 아닌 다른 괴물이 나오는 DVD는 전혀 없었다. 시체 정원을 가꾸지 않을 때면 주로 같은 영화를 다시 보며 시간을 보낸다고 했다. 대낮에도 어두운 방에서 좀비 영화를 보는 작은 구울의 모습은 정말이지 음침했지만, 알고 보니 수현에게 좀비 영화는 그저 식욕을 돋우는 요리 프로그램 정도인 모양이었다. 잘 숙성된 음식이 화면 가득 어슬렁거리며 걸어 다니고, 굳이 묘지를 찾아다니거나 땅을 파지 않아도 알아서 잘 쫓아오고, 심지어 숙성된 상태가 어떤 이유에서인지 완전히 분해되지 않고 유지되니 더 이상 바랄 게 없다는 게 요지였다. 하민과 둘이 찾아가 친근함을 표하고자 함께 좀비 영화를 시청한 적이 있지만, 좀비가 클로즈업될 때마다 수현이 꼴딱꼴딱 침을 삼키는 게 부담스러워 그만두었다. 게다가 수현의 머리카락에선 언제나 은근한 무덤 흙 냄새가 났다. 물론 전에 맡아본 적 없는 냄새였지만, 그렇게밖에 설명할 수 없는 냄새였다. 승균은 그저 좀비 영화가 새로 나왔다는 소식을 들으면 수현보다 먼저 주문해서 선물하는 걸로 호의를 표하기로 했다. 수현은 건조한 감사 인사 후에, 두 줄로 난 이빨을 치실로 꼼꼼히 손질하면서 선물 받은 DVD를 열심히 시청하였다.

그 밖에도 TV, 라디오, 책, 잡지, 신문 등 한 방향으로만 소통하는 올드 미디어들이 인기가 아주 좋았다. 수용소 안은 마치 세기가 바뀌지 않은 것 같았다. 식사를 할 때면 모두 전날 본 프로그램 얘기를 하느라 바빴다. 뉴스에는 이제 별로 관심이 가지 않았고, 여행 프로그램은 삼킬 듯이 보게 되었다. 갈 수 있었을 때 가지 못한 먼 나라들에 대한 고화질 동영상들을 보고 또 보았다. 세상의 동정보다 풍경 그 자체가 그리웠다. 그리고 가요 프로그램을 손꼽아 기다렸다. 온갖 노래들의 가사를 글자 하나까지 정확히, 랩까지 다 외우다니 스스로가 대견한 건지 한심한 건지 헷갈렸다. 라디오의 경우엔 암호 해독가와 동석한 채 세 줄 이하의 메시지와 함께 신청곡을 보낼 수 있었다. 디제이가 신청곡을 틀어주기라도 하는 날에는 울컥했지만, 그런 일은 잘 일어나지 않았다. 책은 거의 구립 도서관 수준으로 갖춰져 있었고, 신간도 정기 간행물도 충실히 들어왔다. 깨끗한 책들을 기다리지 않고 읽을 수 있었고 아무도 독촉하지 않았다. 종이 신문을 온 종류로 구독하는데 바깥세상에서 수용소를 수상히 여기지 않는다니 그것은 좀 우스웠다.

수용자들의 다양한 취미 생활을 위해 드는 혈세는 적지 않을 터였다. 승균은 선량한 교육공무원답게 양심의 가책을 느꼈지만, 곧 그런 태도를 버렸다. 어쨌든 승균과 다른 수용자들은 자유를 대가로 지불하고 있었다. 평소 보잘것없이 취급했던 그 자유가 사실은 비싼 거였다는 데 굳이 토를 달 필요는 없을 듯했다. 사양하지 않고 호사를 누리기로 마음먹었다.

∗

그렇게 끝까지 잔잔하고 평화롭게 이어질 것만 같았던 수용소 생활이 뒤흔들린 것은 마지막으로 합류한 수용자 때문이었다.

신연선(27세, 남양주 출생, 잡지사 계약직 인턴)은 주변 사람들을 중독자로 만들었다는 혐의를 받았다. 알코올, 마약, 카페인 중독처럼 간파하기 쉬운 중독부터 도박 중독, 섹스 중독, 게임 중독, 쇼핑 중독은 물론 심지어 참치에 중독되어서 삼시 세끼 참치만 먹어댄 나머지 결과적으로 수은 중독 상태가 된 이도 있었다고 했다. 그 결과 다섯 명이 사망했고 마흔 명이 넘는 이들이 치료를 받는 중이라고도 전해졌다. 그러나 당국은 긴 조사와 실험 후에도 연선이 구체적으로 어떻게 중독을 유발하는지를 결국 밝혀내지 못했다. 연선의 능력이 뇌의 전두엽이나 뇌섬엽 등 중독에 관련된 부위들을 자극하는 것 같다는 게 최종 추론이었을 뿐이다.

"이야기해보라고요. 나한테 제대로 설명해보라니까요? 내가 납득할 때까지 과학적인 증거를 대요. 보고서, 보고서 같은 거 없어요? 보여달라니까? 내가 당사자잖아요. 아니, 얼버무리지 말고……. 짐작뿐이잖아요? 그런 짐작으로 사람을 가둬요? 내가 아니라니까요! 진짜 그런 능력을 가진 쪽은 지금도 저 밖에 돌아다니고 있어……. 짜증 나! 말도 안 돼! 인생 이제 풀려보나 했더니, 이렇게 바보 같은 일로!"

연선은 수용소에 도착해서 2주 내내 울고 소리 지르고 항의했다. 그런 반응은 신선할 정도였다. 승균과 다른 수용자들은 수용되었을 때 충격을 받긴 했어도 그동안 주변에서 일어났던 기괴한 사건들을 곱씹어보며 격리를 순순히 받아들였는데 연선은 아니었다. 연선처럼 격렬하게 문을 두들기고 몸부림치고 호소하는 사람은 그때껏 한 명도 없었다. 일목인 간수들마저 연선에게 진정제를 투여하며 당황한 표정을 했고, 소장은 직접 연선의 방까지 내려와 연선을 살폈다.

"착오는…… 지금까지 한 번도 없었지만, 어떤 일에든 최초는 있으니까요. 일단 상부에 신 선생님의 의사를 전달해보도록 하겠습니다."

소장으로서는 최선이었다. 며칠 후, 승균이 잘 상상할 수 없는 상부에서 내려온 방침은 상황을 보아 여력이 될 때 수용소에 상근 연구원을 배치해주겠다는 것이었다. 연선은 완전하게 무해하다는 인증을 받지 않는 한 계속 갇혀 있게 되었다.

"아니, 열댓 명이 들러붙어서도 아리송한 결과만 얻었으면서, 고작 한 명을 여기 배치해주겠다고요? 그게 말이나 돼요? 인권 침해도 이런 인권 침해가 또 있나요?"

비명을 지르거나 훌쩍이거나 그 둘을 한꺼번에 하기를 반복하던 연선은, 결국 배가 고파졌는지 터덜터덜 식당에 나타났다. 멋쩍은 미소와 함께. 그제야 나머지 넷은 연선의 얼굴을 제대로 보았다. 특이한 외모라서가 아니라 반대의 이유로 계속 쳐다보게 되는 얼굴이었다. 특징을 전혀 잡아낼 수 없는 이목구비였고 그 배치마저도 희한한 균형을 이루고 있어서 잠시 시선을 거두면 어떻게 생겼는지 재구성할 수가 없었다. 평이한 인상인데, 다음에 만나면 못 알아보거나 아예 다른 얼굴로 보일 것만 같았다. 눈앞에 없을 때는 다시 그려낼 수가 없어서 기억이 간질간질해지는 것이다. 승균만 알아챈 게 아니었다. 연선을 부지런히 눈으로 좇던 하민이 몸을 기울여 속삭였다.

"연구원들이 왜 막힌 걸까요? 딱 봐도 얼굴이 원인인데. 이상하게 계속 보게 되네요. 그래서 일반인들에게 중독을 유발시키는 걸까요?"

"그냥 기분 탓일 수도 있잖아요. 쳐다보지 마요. 불편하겠다."

승균 역시 그렇게 말하면서도 어색하게 연선을 곁눈질했다. 연선의 등장은 공기에 긴장감을 불어넣었다.

"근데 혹시나 해서 말씀드리는데, 형, 여기에서 연애는 금지예요. 엄격해요. 섹스뿐만 아니라 연애도……. 예측불

가능한 상황을 만들고 싶지 않다고 둘러 둘러 이야기하더라고요. 아마 저 누나 들어왔으니 한 번 더 주의를 주겠죠."

"그럼 아예 연애가 불가능한 조합으로 가두는 게 낫지 않나요?"

"어떻게 하면 연애가 불가능한 조합이 되는데요?"

"사회적으로 용인될 수 없는 나이 차라든가……."

그것 말고는 따로 생각나는 게 없었다.

"그건 좀 효과 있을지도 모르겠네요. 근데 우리 랜덤으로 가둬진 거 아니래요. 유사한 능력을 가진 수용자들이 한 수용소에 겹치지 않게 넣으려 하다 보니 이렇게 다섯 명이 된 걸 거예요. 혹시 증폭 효과 같은 걸 일으킬까 봐 예방 차원에서."

"아이고, 관리하는 쪽도 골치 아프겠네요."

이런 수용소가 대체 전국에 몇 군데나 있을까, 수용소마다 승균처럼 살인자를 자극하는 경우는 또 몇이나 될까. 승균은 잠시 담 너머를 바라보았다.

※

연선은 점점 수용소에 적응해가는 것 같았다. 오해를 풀고 바깥에 나가겠다는 의지를 버린 것은 아니었어도, 다른 수용자들을 불편하게 만들지 않으려고 애썼다. 그 노력은 그 노력대로 충격적인 장면을 연출하고 말았지만 말이다.

가장 어린 수현과 먼저 친해지는 게 좋겠다고 판단했는지, 연선은 전에 없이 편안한 걸음걸이로 수현의 시체 정원을 향했다. 수현은 연선이 그냥 지나갈 거라고 여기고는 벤치에 앉아 전혀 신경 쓰지 않았다. 연선은 수현의 옆에 털썩 앉더니 아무 인사 같은 것도 없이…… 수현의 머리카락 한 움큼을 잡았다.

두 사람을 지켜보던 이들이 흡, 하고 급하게 숨을 삼켰다. 물론 제일 놀란 건 수현이었다. 불시에 습격받은 들짐승이 낼 것 같은 기묘한 소리를 냈다. 그렇게 사람들과 눈을 맞추지 않더니, 똑바로 연선을 쳐다보기까지 했다. 무나? 물어버리나? 간수들이 움찔거렸다.

그러거나 말거나 연선은 느긋하게 수현의 머리를 땋기 시작했다. 수현은 연선의 행동이 공격이 아니라 친교가 목적임을 뒤늦게 깨달았으나 여전히 딱딱하게 굳어 있었다. 실수로 자기 혀를 깨문 게 아닌가 싶었다. 수현의 긴장을 전혀 눈치채지 못한 연선이 엉킨 부분을 풀어내며 물었다.

"디스코 땋기가 나을까?"

수현은 그르렁거리는 신음 소리를 냈고, 어째선지 연선은 그걸 오케이 사인으로 받아들였다. 연선이 수현의 머리를 풀었다 다시 땋는 동안, 수용소 마당에는 정적이 흘렀고 모두 다른 일을 하는 척하며 그 모습을 흘낏거렸다.

정말로 놀라웠던 것은 그 머리 땋기가 수용소의 규칙적인 일상이 되었다는 점이다. 식곤증이 오고 오후 햇볕이 따뜻할 때쯤, 수현은 긴장을 풀고 저 깊은 지하의 기운이 깃든 머리카락을 연선에게 맡겼다.

✳

우리 머리를 땋으려 들진 않겠지, 하고 다른 수용자들은 우스갯소리를 했다. 물론 연선은 그들의 예상대로 움직이지 않았다.

모발과 관계가 있긴 했다. 연선이 어느 날 경모에게 다가가 산뜻한 듯 강경하게 제안했던 것이다.

"수염을 짧고 까슬하게 기르시면 완전 매즈 미켈슨 닮으실 거 같아요."

매즈 미켈슨이 누군지 몰랐던 경모는 커피 잔을 들고 자기 방으로 후퇴해버렸다. 거기서 포기할 연선이 아니었다. 마주칠 때마다 이야기를 꺼내며 주변 사람들의 동의까지 얻어냈다.

"하민 씨, 하민 씨가 보기에도 어울릴 거 같지? 선생님, 선생님도 그렇게 생각하시죠?"

간수가 매즈 미켈슨을 검색하여 큰 화면에 띄웠다. 경모는 끙 소리를 냈지만, 못 이기는 척 수염을 기르기 시작했다. 흰 수염이 듬성듬성 섞여 났는데 과연 어울리는 구석이 있었다. 당구장 주인보다 카페 주인 분위기가 나게 되었다.

연선은 경모에 이어 하민 역시 정복했다. 하민이 가지고 있는 모든 게임에서 완승을 거둬냈던 것이다. 아무렇지도 않게 높은 레벨을 깨고, 숨어 있는 길을 찾아내고, 보물을 획득하고, 최종 보스를 쓰러뜨렸다. 기이할 정도로 순발력이 좋았고 절체절명의 순간에는 운이 따랐다. 하민의 자존심은 바닥에 떨어졌지만 자존심도 젊은지 4시간 만에 회복되었다. 경쟁 상대의 등장이 하민에게 모처럼의 활력을 가져다주었다.

"재대결을 신청합니다. 승균 형이 게임을 너무 못해서 제 실력까지 죽었었나 봐요."

연선은 처음에 승균을 조금 어려워하는 것 같았다. 승균은 하민처럼 편하게 말을 잘 붙이는 타입이 아니었으니 말이다. 그러나 그것도 잠시, 곧 승균은 매일 하던 '노래방 책 한 페이지 부르기'를 할 수 없게 되었다. 연선이 밥만 먹으면 배 꺼뜨리는 데는 노래가 최고라며 승균의 노래방 기계를 점령했고 어째서인지 트로트만 연이어 불러댔기 때문이다. 그런대로 들어줄 만은 했지만, 솔직히 트로트가 어울리는 찰진 목소리는 아니었다. 승균이 따로 기계를 한 대 사라고 말하지 않은 건, 연선이 가끔씩 노래와 노래 사이에 개인적인 얘기를 털어놓았기 때문이었다.

"어제 꿈을 꿨어요. 엄마 무릎을 베고 있다가 슬슬 잠이 오는 꿈이었어요. 이상하죠? 꿈속인데 또 졸리다니. 그래도 참 기분이 좋았는데 엄마가 자꾸 자지 마, 자지 마, 하면서 못 자게 하는 거예요. 아아, 엄마가 왜 이러나 했는데 지금 생각해보니 그게 깨지 마, 깨지 마, 였던 거 같아요. 깨면 다시 볼 수가 없으니까."

연선은 수용소에 들어오기 전, 어머니와 단둘이 살았다고 했다. 작은 전자 부품 제조회사에서 오래 일해온 어머니는 어떻게든 연선의 대학 등록금을 마련해줬다고 했다. 연선이 아르바이트를 더 늘리려 하면 차라리 그 시간에 공부를 해서 장학금이나 받으라고 했고, 실제로 연선은 장학금을 여러 번 받았다. 정 여의치 않을 때는 휴학을 했다. 그렇게 애써 대학을 졸업하고 한동안 취업이 안 된 것이 연선에게는 큰 상처였는데, 드디어 인턴 자리나마 힘들게 얻어 시작 같은 시작을 해볼까 했더니 어이없이 잡혀 온 것이다.

"선생님, 요샌 온갖 험한 일이 다 인턴십으로 불리고 있는 거 아세요? 제대로 된 인턴 자리만 구해도 정말 감지덕지예요. 한번은요, 시에서 청년희망나눔일자리 프로그램이라고 하기에 신청했더니 그거, 완전 뺑뺑이더라고요! 동물원에 배정받았을 때만 해도 전 동물원 홍보물이나 그런 걸 만드는 줄 알았어요. 전공이랑 연결해서요. 동물원은 얼른 사라져야 하는 장소라고 믿고 있지만 엄마 생각하며 꾹 참자, 그랬거든요. 근데 최종 배정된 데가 곰 사육장이더라고요, 세상에. 맨날 새벽 4시에 나가서 애들 먹이 썰고 사육장 청소하고 했어요."

"곰…… 귀엽잖아요."

"새끼 곰이나 다 커도 작은 녀석들은 참 귀여워요. 사실 정도 많이 들었어요. 무릎에 매달리고 재롱도 떨고. 물론 청바지가 찢어지면 좀 화가 났지만도 테디 베어가 왜 나왔는지 알겠더라고요. 근데 큰 녀석들은 얼마나 무섭다고요. 웬만한 성격이 아니에요. 관람객 하나가 장난치다가 팔이 날아갈 뻔했다니까요. 이력서에 한 줄 쓰자니 이것저것 따질 계제가 아니어서 있었지만, 곰 사육장에서 일한 게 제 경력에 대체 무슨 도움이 되겠어요? 갇혀 있는 곰들도 불쌍하고 저도 불쌍하고……. 세상에 넘쳐나는 인턴이란 거, 특히 나라에서 하는 걸수록 다 그런 식이에요. 정말 자기 전공에 꼭 맞는 자리 구하려면 너무 힘들어요. 이제 겨우 구했는데…… 정직원으로 뽑힐 기세였는데……. 선생님, 정말 전 제대로 자리 잡아서 엄마 쉽게 해줄 생각이었어요."

요원들은 연선의 어머니가 초과 근무에 투 잡까지 뛰며 밤새 일했던 게 정상이 아니었으며 일종의 중독이었다고 말해 연선에게 상처를 줬다. 연선은 어머니를 일중독으로 만든 게 정말 자신일까, 아침마다 어머니 손발이 퉁퉁 부었던 게 정말 자기 탓일까, 확신하지 못했다.

"다시 뵐 수 있을 거예요."

승균은 뭐라고 해야 할지 몰라 그렇게만 말했다.

"선생님, 아무래도 전 여기서 나갈 수 있을 것 같지가 않아요. 나갈 수만 있다면 어떤 것도 감수할 수가 있는데…… 아아, 그래도 선생님이랑 얘기를 하고 나니 기분이 나아요. 엄마 꿈을 꾸고 나서는 기분이 진짜 처졌었거든요."

승균은 연선이 그를 꼬박꼬박 선생님이라고 부르는 게 달갑지 않았다. 승균은 이제 교사가 아니고, 두 사람은 대등한 성인인데 지나친 존칭처럼 느껴졌기 때문이다. 그래도 연선이 노래방 기계의 팡파르와 트로트 반주 사이에 털어놓는 이야기들은, 승균이 아닌 누구에게도 하지 않는 이야기란 걸 알았기에 가만히 있었다. 소리가 새어 나갈까 신경 쓰인다는 핑계를 댔지만, 두 사람의 대화가 더욱 특별해지도록 방음벽을 설치하기까지 했다. 둘만의 것이었으면 했다. 수용소에 있어서 다행이라는 생각까지 들었다. 연선과 있는 이상 그것은 고립이 아니었다. 친밀감을 조성하기 위한 특별한 조건일 뿐이었다. 다른 수용자들이 눈치 없이 끼어들기라도 하는 날엔 영 탐탁지 않았다.

연선은 수용소의 하루하루를 새롭게 만들었다. 각자 가

장 잘하는 특별 레시피의 요리를 주말마다 서로 해주자고 제안하여 소장의 허가를 얻어냈다. 수용자들이 조리도구를 이용해 폭동이라도 일으킬까 간수들이 긴장한 채 주방을 빙 둘러쌌지만 그럴 의도는 아무에게도 없었다. 의외로 발의자인 연선보다 다른 참여자들이 출중했다. 경모는 북한식 만두와 양념간장을 선보였고, 승균은 매운 수제비를, 연선은 단호박 영양밥을, 하민은 짜장 소스 라볶이를 만들었다. 수현은 맛만 보고 냅킨에 다시 뱉었지만, 매주 흥미로워하며 함께 앉아 있었다. 한 달 동안은 즐거웠지만 한밤중에 조명을 일부러 거둔 정원에서 혼자 식사를 할 수현이 신경 쓰여서, 그 행사는 지속하지 않기로 했다.

거기서 멈출 연선이 아니었다. 다음 순서로는 수용자들과 간수들 전원이 참여하는 체육대회를 열었고, 수용자들의 경쟁보다는 일목인 간수들의 경쟁이 되고 말았지만 즐겁고 성대했다. 알고 보니 소장이 좋은 성적을 거두는 일목인에게 보너스를 주기로 했고, 그것이 엄청난 열의를 끌어낸 모양이었다. 수현이 팔씨름 대회에서 모두를 제압하고 1등을 한 것은 예상외의 결과였는데, 계절에 상관없이 땅을 파고 땅 밑으로 성인 남성의 시신쯤은 쉽게 끌고 다닐 수 있는 근력을 가진 종족이라는 걸 새삼 깨달을 수 있었다.

수용소 내 물물교환 시스템 구축, 노후 섀시 교체를 통한 에너지 효율 개선과 빗물 활용 방안 제안, 둘째 주 넷째 주 금요일 밤의 댄싱 타임 지정, 악기 레슨을 위한 일목인 강사 물색, 미술공작실 신설 요구 등 삶을 개선시키려는 연선의 노력은 시들해질 기미가 없었다. 연선처럼 일 잘하는 사람을 인턴으로만 쓰다니 세상이 미쳐 돌아가는 게 분명하다고, 다들 입을 모아 이야기했다.

연선은 그렇게 수용소에 스며들었다. 갇힌 사람들도 가둔 사람들도 연선을 아꼈다. 마치 연선을 위한 일종의 홈이, 연선이 오기 전부터 여기저기 파여 있었던 것 같았다. 그 홈이 꼭 맞게 채워졌고, 연선은 수용소의 마스코트 같은 존재가 되었다. 수용소는 연선을 위해 지어진 것이나 다름 없었다. 끊임없이 바라봐야 하는 얼굴의 여왕이 다스리는 태평성대였고 백성들은 그저 찬탄했다.

＊

황금기는 짧았다.

눈앞에서 벌어지고 있는 일을 그토록 아무도 알아채지 못했다는 게 지나고 나서야 아연할 뿐이었다. 승균은 오랜만에 자괴감에 시달렸다. 연선이 아프기 시작했던 것이다.

처음에는 감기인 줄 알았는데 기침이 떨어지지 않았다. 가볍게 콜록거리던 연선은 결국 기침을 할 때마다 그렁거리게 되었다. 의무실에서는 폐렴 진단을 내렸다.

"성격이 워낙 좋으니 쉽게 내색도 안 하네. 어디 아픈 지도 몰랐지. 이러니 저러니 해도 스트레스를 많이 받았나 봐."

경모가 코듀로이 바지 주머니에 손을 꾹 찔러넣은 채 의무실 앞을 오락가락했다. 수현은 시체 정원에서 잔꽃들을 꺾어 병문안을 갔다. 연선은 아픈 와중에도 캔에 든 립밤 뚜껑을 열어 구울의 거칠게 튼 입술에 두껍게 립밤을 발라 주었다. 반쯤 열린 구울의 입술 사이로 보이는 무시무시한 이빨들은 전혀 신경 쓰지 않았다. 가장 편견 없는 우리들의 성녀, 어떤 괴물이든 있는 그대로 사랑하는 저 아름다운 손가락……. 승균은 연선의 쾌차를 위해서 삼천 배라도 하고 싶었다.

폐렴이 겨우 떨어지는가 싶더니 세균성 피부염이 생겼다며 연선이 울상을 지었다.

"의무실이 북향이라 햇빛이 안 들더니만 병 나으러 갔다가 병 붙여 온 거 있죠?"

그런 상황에서도 웃을 기운이 있는 연선이었다. 농포가 연선의 발목부터 타고 올라오기 시작했다. 먹고 바르는 항생제가 처방되었고, 그것은 곧 연선의 신장에도 나쁜 영향을 미쳤다. 피부병은 자꾸 재발했다.

그다음은 A형 간염.

그다음은 말라리아.

그다음은 수두.

그다음은 쓰쓰가무시병.

그제야 모두 무언가 아주 잘못되었다는 걸 깨달았다. 연선이 웃고 있어도 아무도 웃지 못하게 되었다. 매일 저녁, 수용소가 조금씩 무너져가는 것만 같았다.

*

물론 제일 처음 깨달은 사람은 경모였다. 그는 가장 높은 곳에 있는 자기 방에 처박힌 채 아무도 들어오지 못하게 했다. 문틈을 젖은 수건으로 막았다. 환기나 제대로 하는지 걱정이었다. 식기는 직접 소독했고 간이세탁기를 요구한 후 세탁물도 내놓지 않았다. 소장은 연선이 아픈 게 경모의 탓이 아닐 거라며 설득하려 했지만, 방 안에 발을 들여놓지도 못했다. 경모는 두꺼운 문이 웅웅 울리도록 고함을 질렀다.

"자네가 일을 잘못 처리해서, 내가 저 아가씨를 잡게 생겼잖아! 내가 옮긴 거야. 다른 이유로는 설명이 안 돼. 또 이런 일이 일어나다니 정말이지 믿을 수가 없군. 되지도 않는 헛소리를 늘어놓을 생각은 그만두라고! 애초에 내가 이 수용소에 처박힌 이유가 뭔가? 아무것도 옮기기가 싫어서

였네. 빌어먹을 내 인생에 그것밖에 바라는 게 없었어. 그 래서 제 발로 들어와 반평생을 여기 찌그러져 있는데, 멍청한 정부는 그것조차 못 도와주나? 내가 만난 소장 중에 자네가 제일 유능하다고 생각했는데 그것도 아닌가 보군. 신연선 씨가 나 때문에 아프다면, 그건 그이가 괴물이 아니라는 소리잖나!"

경모와 소장의 대화를 계단참에서 엿듣던 승균은 예전과 달리 괴물이라는 단어에 흠칫하지 않았다. 민감한 단어였는데 익숙해졌는지 아무렇지도 않았다. 지금까진 아무도 대놓고 말은 못 했지만 그들은 괴물이었다. 자조적인 뉘앙스로 말하는 괴물이 아니라 과학적으로 증명되는, 괴물들 간의 면역으로 증명되는 괴물들. 그리고 그들 사이에 괴물이 아닌 연선이 던져졌던 것이다. 어떻게 그렇게 큰 착오가……?

경모의 항의는 서사시적이었다. 스물한 살에 부모 형제 죽마고우를 한꺼번에 떠나보낸 것에서부터 시작하여 마지막으로 잃은 그의 아내 얘기까지.

"내가 미련했다는 걸 아네. 잃은 사람이 너무 많아서 한 사람쯤 얻어도 될 거라고 생각했지. 아둔했어. 두 달 만에 결혼해서 보름 만에 땅에 묻었네. 죽어야 했던 건 나였는데……. 그때 이 망할 나라는 뭘 하고 있었나? 네놈들은 뭘하고 있었냐고? 중학교도 겨우 졸업한 내가 알아챌 때까지 아무것도 몰랐지. 자네들 민간인을 사찰하고 있었잖아. 사찰을 할 거면 나 같은 사람을 사찰했어야지. 괴물들을 두고 학생들이나 잡아다 고문하고 있었다니 아직도 기가 막히네. 게다가 먼저 찾아갔더니, 기껏 한다는 짓이 나를 무기로 쓰려고 했고. 적국에 가서 사람들을 죽이라질 않나, 우방국에 나를 무슨 선물처럼 바치려 들지 않나. 냉전 시대에도 할 소리가 있고 안 할 소리가 있지……. 양심적이고 효율적인 독재 정부 같은 소리 누가 하면 혀를 뽑아버릴 거야. 그 억울한 세월을 어떻게 견뎠는데 이런 상황이 또……. 가서 일목인 변호사나 찾아와! 어딘가에 한 명은 있겠지! 괴물 변호사도 괜찮아! 갇혀 있는 변호사 없어? 찾아와! 소송할 거야! 아, 닥치라고, 소송한다고!"

소장은 경모를 진정시키기 위해 열심히 상부와 조정 중이라며 웅얼거렸다. 하지만 그 조정을 기다리는 동안 연선이 버틸 수 있을지 회의적이었다. 승균과 하민이 연선을 다른 수용소로 이동이라도 시켜달라고 항의했지만, 연선의 특이한 점이 제대로 파악되지 않은 상태에서 다른 수용소까지 사태가 번질 수 있다며 거절당했다. 변수를 통제해야 한다는 대답이었는데 소장을 한 대 치고 싶고, 벽을 때리고 싶고, 물건을 던지고 싶었지만 그중 아무것도 하지 않았다. 승균은 자신이 폭력성을 완전히 제어할 수 있는 이상적인 시민인데도 갇혀 있다는 게 갑자기 믿을 수 없어졌다.

하민이 발걸음 소리를 죽이고 계단을 올라와 승균이 앉아 있던 곳보다 약간 아래에 앉았다.

"내보내야 해요."

승균이 중얼거렸다.

"동의해요. 저대로라면 연선 누나 큰일 날지도 몰라. 뇌매독이라든가 흑사병이라든가 더 끔찍한 게 기다리고 있으면 어떡해요?"

"어떻게 내보내야 하죠? 일목인들이 귀를 처닫고 듣지를 않으니."

"누나를 내보낼 수만 있으면…… 그다음부터는 어떻게 할 수 있을지도 모르는데."

"응? 그게 무슨 소리예요?"

알고 봤더니 하민은 정치권 거물들에게 끈이 있었다. 그의 특수한 머리카락 선동 능력은 민주주의를 왜곡시킬 수 있는 비밀병기였고 정보가 어디서 어떻게 샜는지, 얼마 전의 투표 때(수용소에도 간이 투표소가 차려졌었다) 집권 여당의 핵심 인물들이 수용소를 찾아왔었다는 것이다. 하민은 그런 면회가 어떻게 주선된 건지 당황스러웠지만, 언젠가 수용소 밖으로 나갈 때를 대비해 통장 잔고를 채우기로 했다. 그때 비밀유지 각서를 썼음에도 승균에게 털어놓은 건 연선을 위해서였다.

"한 달 동안 '기호 1번을 찍자'나 '기호 3번만은 찍지 말자!' 같은 생각을 계속하면서 떨어진 머리카락들을 잘 모 아줬어요."

"유세 트럭을 타고 다니면서 그 머리카락들을 솔솔 뿌렸 으려나? 아, 정말 그건 너무하네요."

"얼마 전엔 대기업 전략 기획팀도 왔었어요……."

"거짓말!"

"진짜예요."

비합리적인 확신과 치우친 선호와 지나친 결행력에 대 해서 바깥 세계의 사람들이 제대로 점검할 수 있을지 우 려되었다.

"하민 씨가 딴생각이라도 하면 어쩌려고?"

"에이, 이것도 비즈니스니까 저도 엄청 집중했죠. 수용 소에서는 예전 수입을 참고해서 돈을 주기 때문에 부끄러 운 일을 했지만, 그 커넥션을 이용할 수 있지 않을까요?"

"일단 나가기만 하면 그런 힘 있는 사람들이…… 연선 씨를 시스템에서 빼내준다?"

"네. 그 정도는 제가 어떻게든 해볼 수 있을 거 같아요. 제 부탁을 들어주거나 저를 암살하거나 둘 중 하나겠지만 아무래도 전자겠죠."

"아니, 암살은 좀……."

"민주 국가라는 걸 믿어보기로 해요. 민주 국가고, 그러 나 시스템을 구부리거나 구멍을 만들 수 있는 사람들은 있는 것으로."

하민은 저렇게 똑똑한데, 왜 대학에 붙지 못했을까? 승균은 전직 교육자로서 교육 현실에 대해 잠깐 고찰했다.

∗

수현이 한밤중에 승균을 깨운 것은 그다음 날이었다. 비명을 지르지 않은 게 다행이었는데 차갑고 축축하고 굽은 손가락들이 어깨를 흔든 것에 놀랐다기보다는, 속옷 차림으로 자고 있는데 미성년자가 방에 들어왔다는 것에 소스라친 것에 가까웠다. 승균은 평소에 학생들에게 부적절한 스킨십을 하게 될까 극도로 경계하는 타입이었다. 구울에게 그런 점을 좀 존중해달라고 하고 싶었지만 관두었다.

"무슨 일이니? 연선 씨가 안 좋아졌어? 어떻게 들키지 않고 여기까지 왔어?"

시트를 끌어올려 감으며 승균이 속삭였다. 교직에 있을 때 상한 목이 여전히 회복이 덜 된 건지, 노래방 기계를 너무 애용해서 그런 건지 잠긴 목소리가 자기 귀에도 거슬렸다.

"저야 밤에 돌아다녀도 아무도 신경 안 써요."

수현이 담담하게 대답했다. 밤에 보니 눈에 윤이 도는 것 같았다. 잘 먹고 난 다음인가 싶었다.

"하민 오빠한테 들었는데, 연선 언니를 내보내려고 한다면서요?"

"응. 이야기 중이었어. 아직 대단한 계획은 없지만 어떻게라도 하지 않으면 정말 연선 씨가……."

죽을지도, 라는 말을 승균은 차마 하지 못했다. 죽는다는 말에 사람과 구울이 반응하는 게 다를지 모른다는 생각이 들었기 때문이었다.

"저, 언니가 죽는다 해도, 언니가 죽어서 딱 좋을 정도로 숙성된다고 해도 먹지 않을 정도로 언니를 좋아해요. 그런 낭비를 할 만큼 좋아한 사람 없었어요, 지금까지."

"아아, 그래……."

아니, 그럼 나머지 사람은 역시 먹을 수 있다는 거야? 승균은 잠깐 궁금해했다.

"사실, 저한테 땅굴이 있어요."

"뭐? 뭐가 있다고?"

"땅굴요."

"밖으로 통하는?"

"네. 근처의 추모공원으로 통하는 땅굴이 있어요. 가끔 좀 더 오래된 게 먹고 싶은 날이 있어서 예전에 파뒀어요."

대체 얼마나 오래된 것을? 승균이 저도 모르게 어둠 속에서 지은 표정을 보았는지 수현이 얼른 덧붙였다.

"뭐, 사람들이 홍어를 먹는 것과 비슷하다고 말할 수 있을까요? 향도 향이지만 뼈째 먹을 수 있어서 별미……."

"수용소 측에서는 땅굴이 있다는 사실을 모르고?"

"네. 항상 입구를 시체로 막아두거든요. 그 밑까지 뒤지지는 않아요. 아무리 철두철미한 간수라도. 최근에는 별로 안 쓰기도 했고."

"연선 씨도 들어갈 수 있을까?"

"제가 다닐 만한 사이즈니까 좀 작긴 하죠. 하지만 정말 쓸 거면 미리 손봐둘 수 있어요."

"들키면 너도 위험해질 수 있어. 지금보다 나쁜 상황에 놓일 수도 있어."

딱히 대답 없이 구울 소녀가 머리를 가로저었다. 위험해지지 않을 거라는 뜻이라기보다는 위험해져도 괜찮다는 뜻인 것 같았다. 연선이 아픈 와중에도 빗겨주고 땋아준 수현의 머리가 함께 흔들렸다.

✳

관건은 연선을 시체 정원 한가운데 있는 땅굴로 데려가는 동안 누군가 주의를 끌어야 한다는 것이었다. 경모는 한동안 지켜온 완벽한 격리의 원칙을 깨고, 자기 방에서 소장과 내기도박을 하기로 했다. 포커는 칩 수가 아슬아슬하게 차이 나도록, 바둑은 반집씩 앞서거니 뒤서거니 하게 만들어 최대한 시간을 끄는 게 전략이었다. 일목인들은 엄격한 대신 유연성이 좀 떨어졌다. 명령을 내리는 수뇌가 내기도박에 정신이 팔려 있으면 대응이 느려질 것이었다.

"이 방에서 외부와 접촉을 최소화하며 할 수 있는 일이라면 뭐든지 할게."

방 밖으로 한 발짝도 나오지 않으면서도 수염은 열심히 다듬은 경모가 말했다. 움직일 수 있는 말이 줄어드는 것이긴 해도 합당한 의견이라고 승균은 인정했다. 경모가 만약 방에서 나와 공기 중에 온갖 것들을 뿜어냈는데 연선이 탈출하지 못한다면 그때는 정말 끝이었다. 불확실한 계획을 가지고 그런 위험을 감수할 수는 없었다.

경계가 소홀한 수현의 식사 시간을 틈타 연선을 땅굴로 인도할 동안, 나머지 일목인들의 주의를 끄는 역할은 승균과 하민의 몫이었다. 다행히 연선이 걸음은 옮길 수 있는 상태가 되었고, 수현은 팔씨름 대회에서 증명한 대로 팔 힘이 좋으니 여차하면 끌고 가거나 안고 가거나 할 수도 있을 것이었다. 어떻게 간수들의 주의를 끄느냐만이 남은 문제였다.

"필요한 걸 좀 구해줄 수 있겠어요?"

며칠 고민하던 승균이 하민에게 부탁했다. 하민은 외부의 조력자 후보들과 접선하느라, 자연스럽게 빠진 머리카락들로는 부족해서 생머리까지 뽑아 이마선이 듬성듬성한 상태였다. 머리카락이 떨어지면 다음 재료일 눈썹을 찌푸리며 승균이 내민 리스트를 확인했다. 차량용 DMB, 포터블 스피커, 수중용 카메라, 전기 자전거, 무선 조종 공룡 로봇 등 평소 하민이 살 만한 목록에서 아주 크게 벗어나지는 않았다. 몇 개는 수용소를 통해 구매하고, 몇 개는 하민이 선물 받는 형태로 들여오기로 했다. 특히 후자의 방식으로는 필요한 부품을 몇 개 더 숨길 수 있을지도 몰랐다.

"어휴, 대머리 되기 싫어서 여기 있는 건데 일이 이렇게 될 줄은 몰랐어요."

하민은 가볍게 탄식했다.

"내 머리라도 좀 섞어서 양을 불리면……."

"에이, 형도. 그건 거절하겠습니다."

"하민 씨 정직하다. 정말 드문 사람이다."

주마주마하며 기다렸는데, 도착한 물건들은 속속 수용소의 확인 절차를 통과했다. 디데이가 정해졌다. 모든 게 확실해지고 나서 연선에게 계획을 말했다. 이제 연선을 만나려면 의료용 보호 장비를 입어야 했다. 그런 걸 입고 속삭이는 일은 쉽지 않았다.

"감사해요. 저를 위해서 그렇게까지……. 어디서 다시는 만나지 못할 분들을 여기서 만난 것만 같아요."

볼거리에 걸려 그렇지 않아도 잡아내기 힘든 얼굴 윤곽이 더 변형된 연선이 힘겹게 감사를 표했다. 승균은 하필

볼거리라니, 하고 안타까워했다. 안타까움에 이어 평소답지 않은 용기가 치솟았다. 장갑을 낀 손이긴 했지만, 연선의 손을 힘 있게 잠시 잡았다 놓은 것이다. 연선의 눈을 들여다보며 헌신의 의지가 전달되길 바랐다.

돌아서자마자 연선의 얼굴은 희미해졌다. 그래도 손에 남은 감촉만은 전혀 희미해지지 않았다. 언제까지나 희미해질 기미가 없었다.

✳

승균이 구명조끼를 대리 구매 해달라고 요청했을 때도 일목인들은 아무런 의심을 하지 않았다. 수영장이 없는 수용소에서 왜 구명조끼가 필요한지 의심스러워할 법도 한데, 그저 프로토콜을 따라 버클이 네 개나 달린 큼직한 형광색 조끼를 구매해주었다.

승균과 하민은 아예 뻔뻔스럽게, 공작실에서 그 조끼에다가 부품들을 붙이고 납땜을 해 가며 작업했다. 일목인들은 여전히 별 관심이 없었다. 와서 뭘 하느냐고 물어보면 대답할 말들까지 다 생각해두었는데 그런 일은 일어나지 않았다. 하기야 수용소에서 이런저런 수작업 활동은 권고 사항이었다. 덕분에, 전직 영어 교사와 재수생이 만든 작품치고는 꽤 멋진 것이 완성되었다. 사실 승균보다는 하민이 그런 쪽의 재주가 좋았다. 승균의 아이디어는 하민의 손끝에서 구현되었다.

"이 재주가 여기서 썩고 있다니."

"제가 생각해도 아까워요."

"한 번만 제대로 작동하나 켜보고 싶다."

"그럴 수 없다는 거 알잖아요."

디데이는 하루도 늦춰지지 않았다. 승균은 디데이의 밤, 묵직하게 완성된 조끼를 입고 수용소 마당 한가운데에 섰다. 건물을 끼고, 시체 정원에서 가장 먼 위치였다. 검은 눈을 퀭하게 뜬 것 같은 흰 건물을 올려다보며, 승균은 수용소 생활을 그리 싫어하지 않았다고 속으로 생각했다. 인생의 한 시기와 다음 시기의 솔기에 서 있다는 걸 분명히 깨달았다.

"마이크 테스트, 마이크 테스트. 원, 투."

담장 아래, 그늘 속에서 하민이 고개를 끄덕였다. 하민은 이어폰을 꽂고 있었고 그 이어폰은 소형 라디오에 연결되어 있었다.

"어…… 안녕하세요? 여러분. 무슨 여러분이지? 국민 여러분?"

승균은 그렇게 확신 없이 무허가 라디오 방송을 시작했다.

"저는, 아니, 저에 대해 말씀드리기는 좀 어렵겠고, 어,

그리고 여기는, 여기는 어딘지 모르겠습니다……. 알면 좋을 텐데 전혀 모르겠고, 누가 듣고 계셨으면 하는 마음과 한 분도 듣고 계시지 않았으면 하는 마음이 반반입니다."

정규 주파수가 아닌 이상 몇 사람이나 듣겠냐마는 살인자를 각성시키는 목소리가 광범위하게 날아가고 있으니 작은 문제는 아니었다. 일목인들은 이해할까? 수용소에서 도서관이 가장 위험했음을. 승균은 대학 시절 우연히 접했던 소책자를 떠올린 후 그 책을 구해달라고 신청했고, 신청은 승인되었다. 소출력 라디오 운동 혹은 커뮤니티 라디오 운동에 필요한 소규모 기지국을 건설하는 법을 자세히 적어둔 책이었다. 〈볼륨을 높여라〉 같은 영화가 나올 만큼 유명했던 미국의 급진적 미디어 운동과 이탈리아의 볼로냐 등지에서 활발했던 텔레스트리트 운동에 영향을 받은 듯한 국내 단체의 유행 지난 선전물이, 모조리 폐지되지 않고 남아 있으리라고는 승균조차 기대하지 않았는데 하늘이 도왔다. 운동은 팟캐스트의 등장과 함께 수명을 다한 것이나 다름없었기에 예측 바깥의 수를 둔 것은 확실했다. 그 책과 다른 책들에서 읽은 것을 응용하여 송출기를 조끼 하나에 부착 가능하도록 압축한 것은 성과라면 성과였다. 승균에게 그것은 무기였고, 협박의 도구였다. 누구를 협박하느냐 하면…… 세상을?

살인자를 깨우는 목소리로 해적 방송을 했다. 승균을 저

지하려 간수들이 달려들 때 연선이 빠져나가기를, 그것만을 바랄 뿐이었다. 잘 뛰고 잘 말해야 했다. 입소한 이래 한 번도 반항 같은 것은 해보지 않은 승균을 심각히 여기도록. 뛰기 전부터 심장이 갈비뼈를 열고 나오려고 했다.

"미리 경고드리자면, 제 목소리가…… 여러분의 머릿속에 있는, 퓨즈? 퓨즈 같은 것을 끊어버릴지도 모릅니다. 모두에게 그런 일이 일어나는 것 같지는 않은데 꽤 많은 사람한테 일어나더라고요. 6개월 정도는 들어야 한다니 하루 정도는 괜찮겠지요? 전파가 어떤 영향을 미칠지도 모르겠지만 혹시 오늘 좀 욱하시면 잘 참으세요. 아무도 다치게 하지 마세요. 또 무슨 이야기를 해야 할까요?"

승균은 수업을 잘하는 편이었다. 스스로의 평가는 물론 동료 교사들과 학생들의 평가도 그랬다. 전달해야 하는 정보가 정해져 있었고, 그것을 잘 계획하여 한 번이 아니라 여덟 번쯤 반복해서 말하다 보면 말들이 흐르듯 나왔었다. 강약과 고저가 노래처럼 정해져 있었다. 그것과 무허가 라디오 방송은 완전히 달랐다. 분명 전날 스크립트를 열심히 짜긴 짰는데 하얗게, 하얗게 날아가버렸다. 승균은 결국 하던 가락대로 그냥 노래를 부르기 시작했다. 분명 최신곡을 매일 연습했는데, 90년대와 2000년대의 가요들과 수업용으로 썼던 팝송들이 번갈아 튀어나왔다. 뼈에 각인된 가사들이. 잡고 싶은 여자보다는 보내고 싶은 여자가 있어서 벌인 일이었지만 〈그녀를 잡아요〉를 부르고, 무화과나무의 새처럼 달콤한 목소리를 내지는 못하지만 〈Dream a little dream of me〉를 불렀다. 전치사를 가르치기 좋은 노래여서 매년 수업에 포함했기 때문에 숨 쉬듯 흘러나왔다.

승균이 큰 걸음으로 서성거리며, 스트레칭을 하며 노래를 부르는 것에 대해 간수들은 그다지 격한 반응을 보이지 않았다. 예상대로였다. 고래고래 부르는 것도 아니었고, 조끼에 달린 마이크는 눈에 잘 띄지 않았다. 등에 붙은 안테나형 송출기는 삐죽 나와 있긴 해도 검은색이라 그림자에 묻히는 듯했다. 보초를 서던 둘이 멀리서 잠시 의논을 하는 것 같았다. 쟤가 오밤중에 왜 이상한 조끼를 입고 노래를 부르는 걸까, 정도의 의논으로 보였다. 결국 둘 중 하나가 빠르지 않은 걸음으로 건물 안을 향했다. 소장실에 보고하러 가는 거겠지만, 소장은 경모의 방에 있었다. 경모가 고른 종목은 화투라고 했고, 치열해지기에 최고였다. 보초가 소장실에 들렀다가 경모의 가장 높은 방까지 가려면 5분은 족히 걸릴 것이었다.

〈세상에 뿌려진 사랑만큼〉을 한창 부를 때 소장의 명령이 드디어 떨어진 건지, 아니면 드디어 자의적으로 움직인 건지 네 명의 간수가 승균을 향해 달려왔다. 승균도 노래를 계속하며 미친 듯이 달렸다. 수용소 마당을 지그재그로, 악을 쓰며, 그러나 일관되게 시체 정원에서는 먼 방향으로 달렸다.

간수들이 승균을 덮쳤을 때에는 〈챠우챠우〉를 목청껏 부르던 중이었다. 전국의 살인자들에게 가닿았을지도 모르는 해적 방송이 시작된 지 11분 남짓이 지나 있었다. 그늘 속에 있던 하민이 튀어나와 승균 뒤를 쫓던 간수 몇에게 태클을 걸긴 했으나 그다지 성공적이지는 못했다. 어쨌든 그 질주는 수용소 측에서 러닝머신 설치를 후회하게 할 만큼 충분히 긴 질주였다. 목표했던 바 이상이었다. 승균은 다행히 콘크리트 바닥이 아닌 잔디에 얼굴을 처박고 쓰러졌는데, 그 와중에도 연선이 제대로 탈출했을까 걱정할 여유가 있었다.

간수가 승균의 조끼를 험하게 벗긴 후, 마구 밟아 부쉈다. 어깨가 탈골될 뻔했다.

"지금 여기 안 보이는 인원들이 어디 있는지 확보해!"

현관에 선 소장이 거인처럼 쩌렁쩌렁 외쳤다. 눈에 흰자가 더 많았다. 그동안 숨겨왔던 얼굴이 드러난 셈이었는데, 그런 소장에게 압도되진 않았다. 승균은 흙을 뱉어내며 조각 난 부품들을 무심하게 바라보았다. 하나의 방법이 통하지 않으면 다른 방법을 또 찾을 것이었다. 어떻게든 연선을 내보낼 거라고, 강한 의지는 무감각에 가까운 평정심으로 느껴진다는 걸 처음 깨달으며 생각했다.

"저 새끼는, 저 새끼는 가둬버려."

깍듯이 여 선생님이라 부르던 소장이 어금니를 불룩거리며 말했다.

＊

승균은 지하에 갇혔다. 수용소 안에 정말 철창으로 된 방이 있다는 걸 확인할 수 있었다. 하민은 어디 갇혔는지 불러도 대답이 없었다. 따로 수감된 모양이었다. 시계가 없었지만 하루에 세 번 나오는 식사로 시간의 흐름을 대충 짐작할 수 있었다. 음식은 형편없었다. 같은 식당에서 같은 사람들이 조리할 텐데, 일부러 질을 낮추라는 명령이 있었던 게 아닐까 의심되었다. 어떤 합의가 깨어졌으며, 그것을 깬 것은 승균이었으므로 불만은 없었다. 그래도 음식에 영양가가 없지는 않았을 텐데 잇몸이 물러진 것 같았다. 햇볕을 쬐지 못해서 그런 것일 수도, 제압당할 때 이가 흔들린 것일 수도 있었다. 어느 쪽이든 상관없었다. 다른 것은 다 괜찮았다. 연선이 어떻게 되었는지만 누가 알려줬으면 했다. 땅굴을 기어서 잘 빠져나갔는지 승균은 알아야만 했다. 가벼운 힌트만이라도 주어졌으면 했는데 간수들에겐 바늘도 들어가지 않을 듯했다. 하민과 경모가 혐의를 얼마나 함께 받고 있는지, 수현이 잘 돌아왔는지도 궁금했다. 어린이는 어린이로 대우받아야 할 것이다.

만약 구울이라고 차별하여 가혹히 대했다면 가만있지 않을 각오였다…….

식사가 나오지 않는 시간, 밤이라고 가늠할 수 있는 시간에 승균은 가끔 피부가 간지러웠다. 깨 같은 벌레들이 귓등을, 등줄기를, 허벅지 뒤쪽을 기어 다니는 것만 같았다. 양심의 가책 때문이라는 걸 알았다. 혹시나 그 라디오 방송이 누군가의 스위치를 올려버렸을까 봐. 살의를 깨워버렸을까 봐.

"그럴 리는 없지?"

갇혀 있으니 혼잣말이 늘었다.

"그럴 리 없다니까."

6개월 이상 승균의 목소리를 들은 다음 각성했다고 했다. 11분은 어디까지나 위협용이었지 실제 효과는 없었을 것이었다. 라니오가 뭔가 다른 효과를 냈을 수도 있지만 그럴 가능성은 희박하지 않을까? 그런데 괴물들은 언제나 희박함으로 존재했다…….. 만약 승균이 더 방송에 잘 맞는 교사라 EBS에 출강이라도 했다면 어떻게 되었을까? 평행우주의 한층 끔찍한 전개가 밤마다 머릿속에서 잘도 펼쳐졌다. 소름이 돋았고, 승균은 피부의 도드라진 부분을 오래 긁곤 했다.

지하에서 풀려났을 때는 몰골이 하도 상해 확실히 TV에 나올 상태는 아니었다.

"아니, 정말 수용소 관상이 되어버렸잖아요? 볼 꺼진 것
좀 봐."

하민이 젤리가 맛별로 든 바구니를 내밀며 안쓰러워
했다.

"연선 씨가 빠져나갔다는 건 들었는데, 자세히 이야기
해줘요."

소장은 그 사실을 전하며 손에 쥐고 있던 호두를 깨뜨렸
다. 추가 질문을 할 분위기가 아니었다.

"누나는 문제없이 잘 빠져나갔어요. 체력이 저하된 상
태라 시간이 꽤 걸린 모양이에요. 공동묘지 쪽에서 기다리
던 사람들이 픽업했을 때는 간수들이 훨씬 멀리 가 있었대
요. 땅굴이 있는지 상상도 못 했을 테고, 늦게 나간 게 행
운이었던 거죠."

"하민 씨는 괜찮았어요?"

"전 이틀 정도 4층에 갇혔다가 금방 나왔어요. 경모 아
저씨는 경고 정도로 지나갔고, 수현이는 24시간 감시당하
고 있긴 하지만 갇히진 않았어요. 형 노래방 기계랑 제 게
임기들이랑 경모 아저씨 당구대랑 수현이 DVD 컬렉션이
랑 모조리 뺏어 간 건 너무 심하지 않아요?"

심한가? 승균이 마른 입술로 반문했다.

"제가 보궐 선거 때도 애써보기로 하고, 밖에서 힘을 많
이 써줘서 소장님이 징계를 받는 선에서 일이 끝나게 되었

어요. 소장님 입장에선 펄쩍 뛸 일이겠죠. 형, 소장님 일목 대상이 뭐였는지 알아요? 나 이번에 알았다니까……."

소장의 일목 대상은 아프리카 서부 몇 나라에서 나는 나무의 열매로, 기름 형태로 섭취할 수 있는데 소장 말고는 아무도 먹고 싶어 하지 않을 정도로 쓰고 비위 상하는 맛이라 나무 자체가 다른 작물들에 밀려 다 베어지기 직전이라고 했다. 국내로 반입해 온 나무들을 위한 온실과 정원사, 특별히 고안된 압출기를 정부에서 제공했다. 소장은 직접 온실에 출입할 수는 없고 분기별로 기름을 받는데, 탈출 사건으로 기름 양이 반으로 뚝 깎였다고 했다. 그 분풀이로 수용자들의 기호품과 오락거리를 싹 빼앗은 것이다. 아마 일목인의 기준에서 최고로 혹독한 앙갚음이겠지만, 그래서 하민은 꽤 상심한 모양이었지만, 승균 입장에서는 다행이라는 생각이 들었다. 승균은 폭력을 견딜 수 없었다. 곤봉을 들지 않은 간수들이 지키는, 한층 교묘한 폭력에는 순응하고 말았지만 말이다. 연선이 무사하다, 이제 더 이상 아프지 않을 거다, 당분간은 죽지 않을 거다, 건강해질 거다, 바깥세상에서 걸어 다닐 거다, 그러니 다시 노래하지 못한다 해도 좋다……. 승균은 수용소를 둘러보았고, 연선이 보이지 않는 것에 기뻤다. 기쁨은 기쁨인데 다소 둔중한 기쁨이었다. 승균이 그 둔중함을 해석해내는 데는 시간이 조금 더 걸렸다.

한 달이 넘게 끔찍한 급식을 먹어야 했지만 소장의 심술은 이내 풀렸고 모든 것이 예전으로 돌아간 것 같았다. 일목인들은 빡빡해도 뒤끝은 별로 없는 모양이었다. 달라진게 있다면 경모가 수염 다듬기를 포기하고 도인처럼 허옇게 기르기 시작했다는 것, 반면 수현은 스스로 머리 땋는 법을 익혀 몇 번인가 서툴게 시도하더니 어느새 자메이카 출신 구울처럼 레게 스타일이 되었다는 것.

그 둘을 볼 때마다 승균은 예전으로 완전히 돌아갈 수는 없다는 걸 깨달았다. 시간이 아무리 지난다 해도 수용소를 연선이 오기 전으로 되돌릴 수는 없었다. 괴물들이 털을 기르며 연선을 기억하니까.

✳

"성대 제거 수술을 받겠습니다."

승균이 면담을 신청했을 때부터 소장은 알아채고 있었던 모양이었다. 친절한 눈웃음과 함께 고개를 끄덕였다.

"마음을 정하셨군요. 네, 수술 날짜를 잡기로 하지요."

심지어 왜냐고 묻지도 않았다. 꼭 만나야 할 사람이 있다고 대답하려 했는데 말이다.

어쩌면 연선에게 느끼는 감정은 중독의 일종인지도 몰랐다. 그런 의심이 들지 않았던 건 아니었다. 연선이 어떤 새로운 종류의 괴물이라서, 괴물 위의 괴물이어서 그들을 지배했다면…… 자유를 되찾기 위해 무의식적으로 모두를 중독시켰을 가능성은 분명 있었다. 수용자들은 부탁 한번 받지 않고 자발적으로 움직였으니까.

그렇다 해도 그 얼굴을 다시 볼 수 있다면 이번에는 제대로 볼 수 있을 것 같다는 생각이 들었다. 한 번의 마주 봄으로 영원히 잊지 않을 수 있으리라고.

"구해주신 건 감사하지만, 전 선생님을 그런 식으로 느끼지 않아요."

"선생님께 말씀 안 드렸던가요? 내내 애인이 있었어요."

"선생님은 목소리가 매력이었는데 왜 저 때문에 그런 일을……."

"저도 상상하지 못했는데 선생님 때문에 살인자가 되고 말았어요. 구치소로 면회 오시겠어요?"

"서와 선생님이 만나는 건 법으로 금지되어 있어요. 우리에겐 미래가 없어요."

"그때 왜 변태같이 제 손을 잡으셨어요? 제가 모를 줄 알았어요? 전 선생님 같은 사람 딱 질색이에요."

"앗, 저 레즈비언인데요."

"연하가 취향이라서……. 선생님 말고 하민 씨가 나왔으면 좋았을 텐데."

연선이 할 만한 다양한 종류의 거절을 세상 끝날 때까지 생각해낼 수 있을 것 같았다. 그러나 거절의 대답이라도 좋았다. 승균은 기회를 원했다.

✳

수술 날짜가 잡혔고 간소한 송별회가 있었다. 소장의 배려로 맥주 세 캔씩이 나왔고, 심지어 미성년자인 수현 몫까지 나와 나머지 세 사람이 한 캔씩 더 마실 수 있었다. 오랜만에 돌려받은 노래방 기계는 한두 시간 정도 제 역할을 하고 나서 배경 음악을 연주했다.

"괴물에도 종류가 있지. 여기서 나갈 수 있는 괴물과 영원히 나갈 수 없는 괴물……. 전자인 것이 얼마나 행운인지 자네가 알려나 몰라. 나는 아마 죽어서도 나갈 수 없을 거야. 완전히 태워지고도 밀봉되어 위험 폐기물들이랑 같이 보관될 거야. 혹시 재를 뿌렸다가 희한한 병이라도 돌면 골치 아플 테니 말이야. 진심으로 부럽네. 수술이 성공적이면 좋겠어."

경모가 자라난 수염만큼의 솔직함으로 승균에게 말했다.

"맞아요. 형, 저도 언젠가 형을 따라 밖에 나갈지도 모르겠어요. 가발 기술이 한두 발짝만 진보하면 그때는 정말로요. 그럼 꼭 형을 찾아갈게요. 그래도 되죠? 우린 수용소 메이트니까!"

승균은 웃으면서 하민과 주먹을 부딪쳤다. 대한민국 정 재계의 방향을 비틀어버리는 사람이 비밀 수용소의 스물한 살짜리라니, 누가 상상이나 할까. 승균은 처음 수용소에 들어왔을 때 자신과 다른 수용자들이 세상을 미치게 만들었다고 생각했다. 이제 다시 수용소를 나가자니, 세상은 원래 아주 이상한 곳이었고 그들이 더한 것은 그저 미량의 광기라는 생각이 들었다.

가장 마음이 쓰이는 것은 어린 구울이었다. 수현은 머리 땋기 기술을 응용하여 갖가지 색실로 행운의 팔찌를 만들어 직접 승균의 손목에 매어주었다. 굽은 손가락 끝의 날카로운 손톱이 손목을 할퀼 때 승균은 내색하지 않았다. 팔찌는 엉성했고 젖은 흙냄새가 났지만 앞으로 승균의 보물이 될 것이었다.

"한 가지만 약속해주세요."

고인 눈물을 들키지 않으려 애쓸 때 수현이 요청했다. 승균은 뭐든지 들어주마 했다.

"나중에 돌아가시면요. 화장 같은 낭비 절대 하지 말고, 미생물이니 캡슐이니 요상한 것도 쓰지 말고 그냥 땅에 묻히세요. 정 신경 쓰이면 얇은 판자 관에 천 한 장 정도 감고요."

"어어…… 그래. 그 정도야."

"저야 여기서 대충 먹고살 수 있지만 저 밖에 보호받지 못하고 굶주리고 있을 친구들을 생각하면 가슴이 아파요."

승균은 잠깐 당황했지만 수현의 의도가 고 또래 아이들이 식량 부족 국가의 친구들을 생각하는 것과 비슷한 무엇이리라 여기고 넘어가기로 했다.

"그래서, 밖에 나가면 뭐가 제일 이상할 거 같아요?"

하민이 물었고 승균은 잠시 고민했다.

"음…… 나갔는데 만약 여기가 서울이라면 제일 이상할 거 같아요. 서울이나, 내가 아주 잘 아는 그런 친숙한 도시라면. 물론 수용소 측에서 위치가 탄로 날 정보를 제공할 리 없겠지만."

"아아, 어떤 느낌인지 알 것 같아요. 여기가 사실은 동떨어진 곳이 아니라면…… 이상하겠죠."

가깝길 바라는지 멀길 바라는지 알 수 없는 마음으로 승균이 고개를 끄덕였다. 조용히 앉아서 연선이 탈출한 이후 두 배로 밝아진 탐조등과 그 탐조등 뒤로 펼쳐지는 어둠을 바라보며 수용소의 마지막 밤을 보냈다.

✳

수술용 조명이 감은 눈꺼풀을 하얗게 만들었다. 실핏줄이 내비게이션처럼 잠깐 켜졌다. 그 와중에 연선을 생각했다. 언젠가의 저녁, 연선은 수용소 앞마당의 벤치에서 고작 맥주 두 캔에 취해 느슨하게 빙글빙글 돌고 있었다. 경모의 담배를 뺏어 들고는, 피우지는 않고 머리 위로 들고 공중에 연기로 그림을 그렸다. 혹은 글씨를 썼는지도 모른다. 춤을 추는 것 같은 동작이었지만 바라보는 내내 승균은 담뱃재가 연선에게 떨어질까 불안했고 그 노심초사가 무색하게 그런 일은 일어나지 않았다. 마치 수용소가, 세계가 연선을 사랑해서 담뱃재조차 닿지 않게 움직이는 것 같았다. 참 이상한 존재. 우주의 사악한 톱니바퀴에 으스러지지 않는 모호한 존재.

연선을 만나러 갈 것이다. 찾아가면 그 알 수 없는 얼굴로 알 수 없는 표정을 짓겠지. 수술대는 추웠고, 의사는 어쩌면 의사가 아니라 정부가 보낸 사람이라 수술을 하는 척 승균을 죽일 수도 있겠지만, 승균은 미소 지었다. 마취약이 들어올 때, 의사가 숫자를 거꾸로 세라고 했는데 승균은 전혀 엉뚱한 말을 남겼다.

하필이면 사랑이 일목 대상인 일목인처럼.

물거품이 될 각오가 선 인어처럼.

"목소리를 드릴게요."

7
교시

현대사 수업에는 동시 접속을 해야 했다. 다른 수업과는 달리 수강자의 주의 집중도와 각 정보에 대한 반응 역시 면밀히 수집되었다. 아라는 어쩐지 불편했다. 잘 듣고 있다고 상체를 좀 앞으로 기울여줘야 할 것 같았고, 일부러 표정이라도 만들어내야 할 것 같았기 때문이다. 그렇지만 방침의 의도 자체는 이해할 수 있었다. 대멸종 이후 같은 실수를 거듭할 여유는 없다고, 전 지구적인 합의가 이루어졌다. 현대사, 그중에서도 생명권 부분이 가장 중요한 과목이 된 것은 그래서였다. 아라는 최대한 편한 자세를 취하려고 애썼다.

그러니까 여섯 번째 대멸종 이전의 사람들도 생명권의 개념을 가지고 있긴 했습니다. 겨우 고려되기 시작한 단계였지만요. 사람과 함께 생활하는 동물들을 해치지 말자고, 모피를 입지 말자고, 또 그때까지 식생활의 중심이었던 육식을 줄이자고 소수의 사람들에게서 처음 이야기가 나왔습니다.

친구들이 역겨움의 반응들을 보내왔다. 알았어, 알았으니까 그만 보내, 하고 아라 역시 맞받아쳤다. 2백여 년 전 사람들은 기쁠 때도 위로가 필요할 때도 서로 고기를 사주었다고 한다. '고기를 사주는 친구가 좋은 친구'라고 말하는 옛 영상 자료들을 보면 뜨악했다. 요리 프로그램 자료들은 그로테스크의 극치였다. 사람들은 온갖 동물을 온갖 방식으로 먹었다. 지금 사람들과 그렇게 다르지 않은 얼굴로.

"배양 단백질이 없던 때잖아. 있어도 너무 비쌌고. 집단의 문화를 개인이 전복하기엔 무리가 있었지."

"하지만 21세기 사람들이 소와 돼지 대신 곤충이라도 먹었다면, 급한 대로 밀웜이라도 먹었다면……."

"밀웜은 무슨 죄야? 종차별이다, 그거."

"그야 그렇지만, 그러기라도 했으면 그 모든 파국은 오지 않았을지도 몰라."

"가죽보다, 깃털보다 나은 소재가 잔뜩 나왔는데도 그

대로 동물을 죽여 입다가 한두 해 후에 버리던 사람들이라고. 뭐가 가능하고 불가능하고 같은 기술의 문제가 아니었던 거야. 세계관의 문제였지."

가장 가까운 친구인 미조와는 관련해서 이야기를 자주 나눈다. 미조는 옛날 사람들에 대해 우호적인 편이 아닌가, 아라는 생각한다.

"그거 알아? 우리가 먹는 음식과 이름이 같아도 맛은 꽤 달랐대."

미조는 옛날 음식의 맛을 궁금해했는데, 아라는 별로 관심이 없었다. 옛날 음식과 가장 유사한 것은 기념일에 나오는 재현 음식일 것이다. 새로운 재료로 전통 음식을 가능한 수준까지 모방했다는데, 그마저도 아라의 입맛엔 너무 자극적이었다. 옛날 사람들은 어떻게 매일 그렇게 몸을 병들게 하는 길 믹었는지 이해가 가지 않았다. 아라는 평소의 식단을 선호했다. 개인의 건강에 완벽히 맞춰 공급되는 데다, 질리지 않는 맛이었다. 아무것도 해치지 않고 오염시키지 않고 생산되는 식량의 부드러운 맛……. 2백 년 사이 추구하는 맛 자체가 바뀐 것이다.

수온 상승과 바닷물 산성화로 온 바다의 산호가 녹아 사라진 것은 2050년경의 일이었습니다. 바다에서 모든 것이 시작된 것처럼, 멸종도 바다에서 시작되었습니다. 어류의 65퍼센트, 파충류의 40퍼센트, 양서류의 78퍼센트, 조류의 55퍼센트, 포유류의 34퍼센트가 21세기 끝 무렵까지 멸종했습니다. 얼마나 많은 곤충과 무척추동물들이 사라졌을지는 추산되지도 않습니다. 식물에 있어서도 마찬가지고요.

20세기 중반부터 어떤 궤도가 그려질지 알고 있었으면서, 150년 동안 막지 않은 것의 결과였습니다. 그렇게 38억 년 진화의 결과물들이 20세기와 21세기에 지워졌습니다. 인류는 지켜보기만 했습니다.

그리고 2098년에, 인류도 위기에 처하게 됩니다. 그해에 무슨 일이 일어났는지는 아직도 의견이 분분합니다. 살아남은 철새들이 혼란에 빠져 이동 경로가 바뀌었고, 이상 기후로 심각한 홍수를 겪고 난 초가을이었기에 특정 모기들이 훨씬 넓은 영역에서 활동했습니다. 또 그때까지도 남아 있던 공장식 축산 농장들도 한 역할을 했을 겁니다. 변종 웨스트 나일 바이러스는 철새, 가금류, 모기, 돼지를 거치면서 생성되었을 것으로 짐작됩니다. 그전까지 웨스트 나일 바이러스는 국지적으로 사망자를 내던 질병으로, 건강한 사람은 감기처럼 가볍게 앓고 면역력이 저하된 환자들만 종종 뇌염으로 사망하곤 했습니다. 2098년에 지독한 돌연변이가 일어나자, 감염된 사람들의 뇌가 순식간에 녹아내렸습니다. 1996년 루마니아에서보다 훨씬 더 치명적인 변종이었고 사람 대 사람으로 전염되기 시작했으며 첫 발병지가 항공 허브였던 도시였기에 전 세계로 퍼져나가는 데는 그리 오래 걸리지 않았습니다. 가장 많은 사망자를 낸 아시아의 독재 국가가 WHO에 발병을 숨겼던 것 역시 상황을 악화시켰습니다. 그 나라는 무역에 타격을 받을까 우려했다고 하는데, 이제는 사라진 나라가 되었습니다. 백신이 나오기까지, 인류의 3분의 1을 잃었습니다.

3분의 1을 잃고도 80억이 넘었다. 120억에서 40억이 죽고 80억. 살아남은 80억이 전쟁을 시작했다. 그것은 그때까지 없었던 종류의 전쟁이었다. 무기 없는 시민들이 정부와, 무엇보다 기업과 싸우기로 마음먹은 것이었다. 아라는 참혹한 시대를 살았던 그 80억에게 경외심을 느꼈다. 슬픔 속에서 예전처럼 다시 인구를 늘릴 수도 있었는데, 그렇게 하지 않았다. 사람들은 깨어나 명확하게 말하기 시작했다. 웨스트 나일 바이러스가, 새나 무기가 사람들을 죽인 게 아니라고. 그때까지도 성장만을 향해 폭주하는 체제를 끌고 가려고 애쓰던 기업이, 자본이, 정부가 책임을 져야 할 문제라고. 환경주의는 드디어 비웃음당하지 않는 보편 가치가 되었다. 죽어 떨어진 새가 그려진 깃발 아래, 파업과 시민혁명이 거의 모든 나라로 확산되었다.

"만약에 그때 우주 이주 계획이 연달아 실패하지 않았다면, 체제 변혁이 성공할 수 있었을까?"

아라는 그 질문이 흥미롭다고 생각했다. 당혹스러웠던

우주 이주 실패가 의도치 않게 혁명을 성공시켰던 것은 역사에서 자주 되풀이되는 아이러니였다. 사람들은 아무 데도 갈 수 없다는 것이 분명해진 다음에야 이 작은 행성의 가치를 다시 매겼던 것이다.

지구에 파괴적이지 않은 적정 인구수는 25억, 국가별 인구수 상한을 두고 첨예한 협상이 벌어졌습니다. 자원 순환 구조와 경제 구조를 완전히 바꾸어야 했고, 더 효율적으로 바꾼 나라들이 상대적으로 빠르게 안정을 찾아갔습니다. 환경주의와 페미니즘이 맞물려 돌아가는 톱니처럼 기능했습니다. 언젠가는 마을 가장자리에 서서 비명을 지르는 마녀 취급을 받았던 사람들이 끝내는 모두를 구했습니다.

인공 포궁과 바이오 필름형 피임도구의 보편화가 기술적으로 발맞추었습니다. 원치 않는 임신이 지구상에서 사라졌습니다. 인공 포궁에 대해서는 제도적으로 여러 각도의 접근이 있었으나, 이내 정부가 관리하되 사용은 오로지 개인이 할 수 있도록 정비되었습니다. 인공 포궁을 이용하려는 사람은 양육자 교육기관에 등록하여 능동적인 생명권 교육과 인권 교육을 받게 되었습니다. 냉동실에서, 야산에서 아이들의 시신이 발견되던 학대와 살해의 시대가 끝났습니다. 그렇게 사회는 드디어 트라우마 없는 시민들을 키워냈습니다.

엄격한 기준에도 양육 대기자가 지나치게 늘자, 추천서 제도가 도입되었습니다. 우리나라는 추천서 제도를 처음 도입한 나라 중 한 곳입니다.

추천서라고 부르지만, 사실 그것은 권리 양도 각서에 가까웠다. 비출산을 선택한 사람이 출산을 선택한 사람 중 한 사람을 골라 지구의 자원을 쓸 권리를 선물했다. 그 양도가 자발적이며 거래의 결과가 아닌 것을 확인하려고 크나큰 행정력이 동원되었다. 십수 단계의 인증 절차를 거쳐 세 사람의 추천을 받으면 대기 순서가 빨라졌다. 추천서의 존재에 대해 알게 된 이후 아라는 양육자인 태이에게 추천서를 모으는 게 어렵지 않았느냐고 물은 적이 있다.

"그게 말이야, 내가 모으지 않았는데도 모였어. 사람들이 먼지 나에게 추천서를 주고 싶어 했어. 무척 기뻤고, 그래서 너를 초대하기로 한 거지."

세계에 초대한다는 표현을 쓰는 게 재밌다고 생각했다.

"파트너를 원한 적은 없어?"

"아니, 한 번도."

정부가 양육을 지원하고, 가족제도가 희미해지자 양육자가 한 사람인 가정이 90퍼센트에 육박했다. 태이는 부모라는 단어도 거부했고 아라에게 자신의 이름을 불러달라고 했다.

"그럼 난 태이의 유전자로 태어났어, 아니면 공동체 유전자로 태어났어?"

"그게 궁금해?"

태이는 명확하게 대답하지 않았지만 아라는 자신이 공동체 유전자로 태어났을 거라 짐작했다. 대멸종 이후 인류는 오래 내려온 유전자를 부끄러워하기 시작했다. 그 모든 파국을 불러온 공격성과 이기심을 물려주는 것을 거부했다. 그래서 종 다양성 보호에 기여한, 유난히 이타적인 사람들의 유전자를 역시 복잡한 절차를 거쳐 모았다. 많은 사람이 자신의 유전자가 아닌 익명의 공동체 유전자를 원했다. 닮은 대상이 아니라, 닮지 않은 대상을 사랑하는 법을 배우고 싶어 했다. 태이도 그랬을 것이다.

적정 인구수에 가까워졌을 무렵, 전 세계적으로 도심 압축이 이루어졌습니다. 완전히 자급자족적으로 기능하는 도시를 설계하여 인류의 생활공간을 좁혔습니다. 나머지 면적을 자연에 되돌려주기로 한 것입니다. 우리가 기대한 것보다 식물들이 그 회복 영역을 삼키는 속도는 빨랐습니다. 숲이 번지는 속도를 경이롭게 바라보는 시간이었습니다. 이제 거기서 사라진 줄 알았던 종들이 다시 발견되길, 인류의 방해를 받지 않고 마땅히 나아가야 할 길을 향해 나아가길 지켜볼 날만 남았습니다.

다음 시간은 토론이었다. 도심 압축 때문에 발생한 이주민들에 대한 보상이 적절했는지, 공동체 유전자 사용과 20세기의 우생학은 어떤 면에서 다른지, 지나치게 공격성을 제거한 인류가 멸종을 향하지는 않을지, 현 정치체제가 민주주의가 아닌 환경주의적 독재라는 의견은 어떻게 받아들여야 할지 등 민감한 주제들로 이야기해야 했다. 아라는 주장을 펼칠 방향을 의논하기 위해 미조와 만나기로 했다.

약속 시간까지 여유가 있어서 생태 스트리밍 채널을 켰다. 사람들이 회복 영역을 그냥 떠난 것은 아니었다. 무인 관측소들이 실시간으로 정보를 수집하고 있었고 지구 어디서나 그 정보에 접속 가능했다. 작은 움직임이 있으면 센서가 반응했다. 아라는 센서가 잡아낸 게 날다람쥐라는 걸 깨달았다. 날다람쥐가 살아남아서 다행이라고 생각했다. 날다람쥐를 위해 죽을 수 있을 것 같다고도 느꼈다. 나방이나 노린재 같은, 날다람쥐보다 더 작고 보잘것없고 아름답지 않은 종을 위해서라도. 어쩌면 인류가 정말 느린 자살을 택한 건지도 모르지만 그것은 그것대로 괜찮은 속죄일 것이다.

"봄방학엔 어디 가고 싶어?"

태이가 아라의 뒤에서 모니터를 함께 구경하며 물었다.

"고가의 끝까지 걷고 싶어."

"티켓을 구해볼게."

회복 영역을 조망할 수 있는 길고 좁은 고가가 있었다. 발밑으로 끝없이 숲이 펼쳐질 테고, 숲 그늘에서 한때는 흔했지만 이제는 희귀종이 된 생물들이 아라가 들어보지 못한 소리를 낼 것이다. 그것이 아라에게 거는 말이 아닐지라도 아라는 존재감을 완전히 지우고 듣는 데에만 집중할 계획이었다.

메달리스트의

좀비 시대

정윤은 전국체전과 유니버시아드 대회 양궁 리커브 개인전 부문에서 메달을 획득한 메달리스트였지만 그 점이 정윤의 생존에 크게 기여하시는 않았디. 그보다는 경제적 궁핍이 정윤을 살렸다. 가난함이 좀비 시대의 덕목이 될 거라고 누가 예상이나 했을까?

대학을 선택하던 시절, 체육교육과가 유명한 서울 소재 사립대와 양궁 장학금이 있는 지방 국립대 사회체육과 중에 후자를 선택했다. 사실 양궁팀 자체는 서울 쪽의 학교가 더 이름 높았지만, 전액 장학금은 물리칠 수 없는 유혹이었다. 내내 기숙사에서 생활하다가 기숙사가 리모델링에 들어가는 바람에 옥탑방을 얻었다. 돈이 있어서 신축 원룸을 얻었더라면 결과가 달라졌을지도 모른다.

"네 활은 너무 무거워. 40파운드가 아니라 훨씬. 생각을 좀 줄여. 어떻게 온 가족 먹여 살릴 생각을 매달고 활을 쏘니? 요즘은 그런 시대가 아니야."

팀 선배는 정윤을 생각해서 한 충고였겠지만, 정윤으로서는 어쩔 수 없었다. 그렇게 활을 무겁게 했던 가족들은 연락이 끊긴 지 이제 68일째……. 활이 가벼워졌나 하면, 가늠이 되지 않았다. 세상의 변화가 너무 얼얼해서, 아무것도 가늠이 되지 않았다. 올림픽에 나가보지도 못하고 죽나? 올림픽이 다시 열리기는 할까? 다른 것을 생각하지 않으려 올림픽에 대해 집요하게 생각했다.

어쨌거나 서울을 선택했더라면, 좀비 떼에게 완전히 먹히고도 남았을 시간이었다. 인구수와 발병률은 비례하니 말이다. 더불어 옥탑방이 아니었더라면 역시 이미 끝났을 것이다. 오래된 건물이라 계단에 두꺼운 철문이 두 개나 있었다. 정윤뿐 아니라 많은 생존자들이 옥탑방 거주자들이었다. 그들은 종종 옥상에서 고함을 지르거나 울부짖었고 탈출을 시도하다 시체의 바다에 삼켜졌다.

*

　지하에서, 지옥의 군사 전원이 한꺼번에 활시위를 당겼
다……. 정윤은 이 초유의 사태를 그렇게 상상할 수밖에 없
었다. 두 달 전, 전 지구적으로 일어난 현상이었다. 인구의
3분의 1이 좀비가 되었고, 3분의 1이 그날 살해당했고, 나
머지 3분의 1은 한 줌이 될 때까지 도망 다녔다. 그리고 그
한 줌은 상황을 전혀 개선시키지 못하고 있었다. 왜 누군가
는 좀비가 되고 누군가는 발병하지 않았는지 설명조차 듣
지 못했다. 비상 뉴스는 며칠도 가지 못했다. 방송국 한 곳
에서는 여전히 송출이 되는데, 아나운서 좀비들이 멋진 넥
타이를 그대로 매고 있다.

　하나 다행인 것은 좀비 수가 크게 늘어나지는 않는 것처
럼 보인다는 것이었다. 관찰해보니, 좀비는 누군가를 살짝
물고 놓아주는 일이 없었다. 창자를 씹고 골수를 빨며 끝
까지 먹었다. 물렸는데 도망치거나 하는 일들은 영화 속에
서나 일어나는 일인 모양이었다. 옥상의 캠핑 의자에 앉아
좀비 수를 세어보면 큰 변동이 없었다. 어슬렁거리는 좀비
들을 세는 요령도 생겼다. 그래서 희망을 놓고 싶었지만 놓
을 수 없었다. 저들이 늘지 않는 이상, 상황이 바뀔 수 있
지 않을까? 어쩌면 다른 지역, 다른 나라에서는 사태를 진
정시켰을 수도 있고 어느 날엔가 원조군 같은 게 올지도 모

른다. 온다면 헬기를 타고 올 것이고 정윤은 옥상에서 열심히 손을 흔들 셈이었다.

헬기 소리가 들리지 않나, 언제나 귀를 세우고 있었다. 선잠이 들었을 때도 항상. 꿈에서 깨 달려 나간 적이 한두 번이 아니었다.

＊

전기와 수도가 여전히 나온다. 혹시나 몰라 통마다 물을 저장해두었지만, 여전히 수도꼭지가 콸콸 틀릴 때 진한 감사의 마음을 품게 된다. 좀비들은 오로지 동물에게만 관심이 있었다. 먼저 사람을, 그다음은 개와 고양이들을, 마지막으로 쥐와 벌레들을 먹었다. 아마 소가 있는 동네에서는 소가 먼저 잡아먹혔을지도 모르겠다고, 정윤은 추측했다. 하여튼 전신주나 수도관에는 전혀 관심이 없었다. 먹지도 못하는 것을 쓰러뜨리거나 파헤치거나 하지 않았다. 좀비들은 그렇게 전략적인 존재가 아니었다. 전기와 수도가 여전히 기능한다는 것에 큰 기대를 걸었던 적도 있지만 한 달쯤 지났을 때 그것이 그저 아직 작동하는 자동 시스템일 뿐, 따로 관리하는 사람이 남아 있다는 증거는 아님을 깨달았다. 미묘하게 수돗물 맛이 변했기 때문이다. 날마다 물이끼 냄새가 나거나 쇠 맛이 느껴지거나 조금씩 변했다. 심하게 거슬리지는 않았고 필터 주전자형 정수기로 걸러 전기 포트로 끓여 마시기 때문에 탈이 난 적은 없었다. 씻는 것에도 큰 변화를 줄 필요는 없었다. 오히려 더 잘 씻었다. 예전에는 뜨거운 물이 금방 끊겨서 샤워하다가 찬물을 맞기 일쑤였는데, 아래층에 걸어 다니는 좀비들은 이제 샤워를 하지 않으니 늘 온수가 나왔다.

전기 포트, 전기 플레이트, 가습기, 다리미, 드라이기, 헤어 아이론, 노트북, 전화기가 있었다. 머리를 감고 나서는 드라이기와 아이론을 여유 있게 썼다. 자기 전에 감으면 피곤해서 대충 말리고, 일어나 감으면 새벽 훈련 때문에 대충 말리곤 했는데 몇 년 만에 완전히 건조해질 때까지 말릴 수 있었다. 처박아두기만 했던 아이론으로 매일 머리카락을 반듯하게 폈다. 하루에 15분이라도 집중할 거리가 더 필요해 시작했는데, 빈복하다 보니 경건해졌다. 사람이 죽으면 가장 오래 남는 것 중 하나가 머리카락이라고 하지 않았나? 누군가에게 나중에 발견될 때, 해골에 화살처럼 곧바른 머리카락이 붙어 있으면 발견하는 사람은 알 수 있을 것이다. 정윤이 끝까지 살아 있으려 노력했다는 것을, 포기하지 않았다는 것을…… 이를테면 수업시간에 배웠던 '존엄'을 지키려 했다는 것을. 그러나 존엄이란 게 가지런한 머리카락 따위로 지켜지는 것은 아닐 것 같고 어쩌면 허영심일지도 모르겠다. 모든 것이 부패해가는 세상에 뭐 하나만 직선으로 남기를 바라는 마음은…….
의식은 아무렇게나 흘러가서 엉뚱한 곳에 다다르곤 했다.
존엄과 다른 낯선 단어들 사이를 표류했다. 배우는 게 싫
지 않았고 더 배우고 싶었고 그걸 방해하는 건 운동이 될
줄 알았다. 이런 파국에 영향을 받을 줄은 차마 몰랐던 탓
에 정윤은 실소했다.

하루 중에 가장 중요한 일과는 변함없이 연습이다. 정
윤의 연습용 활은 36파운드짜리로, 시합용 활을 학교에 두
고 온 것이 매우 아쉬웠지만 어쩔 수 없는 일이었다. 오래
된 연습용 활은 중학교 때 붙인 연예인 스티커가 낯뜨거워
도 그런대로 쓸 만하다. 스티커를 떼면 끈적거릴 것 같아
낡아가게 두었는데, 범죄를 저지르고 은퇴한 연예인이라
볼 때마다 싫어 엄지로 문질렀다. 화살을 메기고, 70미터
안에 들어온 좀비의 머리를 꿰뚫는다. 하루에 한 놈씩만.

가장 증오하는 자들을 먼저 쏠 줄 알았다. 체대라 해서
괜히 단체 기합과 폭력을 일삼았던 꼴통 선배들이나, 술
자리에서 정윤의 귀를 만지작거렸던 교수를. 그러나 막상
정윤이 쏘기 시작한 것은 반대로 호감을 느꼈던 상대들이
었다. 존경했던 교양과 강사, 자매 같았던 동기들……. 정
윤은 그들의 변한 모습을 견디기 힘들었다. 세상 어딘가에
엄청나게 똑똑한 과학자나 의사가 남아 있다고 해도 치료
약은 만들지 못할 것이 분명했다. 이미 살점이 저렇게나

썩어들어 갔는데 무슨 수로 되돌리겠는가? 좋아했던 사람들을 제대로 된 화살로 끝내준 것엔 후회가 없다. 화살이 떨어지고는 세탁소 철사 옷걸이를 펴고 구부려 조악한 화살을 만들었다. 옷장에 그런 옷걸이가 가득 있었고, 아무래도 명중률은 떨어졌지만 없는 것보다는 나았다. 싫어했던 사람일수록 아껴두었다가, 도저히 견딜 수 없을 것 같은 날 쏘았다. 목표와 루틴이 있어야 살 수 있는 법이었다. 사람은, 특히 운동선수는. 딱 하나 남은 진짜 화살은 주인이 따로 있었다. 차곡차곡 개어둔 옷 위에 보물처럼 놓아두었다.

오늘도 정윤은 옥상에 올라가 죽은 자들의 숫자를 센다. 마지막으로 서울에 갔을 때 산 버킷햇을 깊이 눌러쓰고 햇빛을 받으며, 어슬렁거리는 과녁들이 70미터 안에 들어오길 기다린다.

＊

철문을 두드리는 소리가 난다.

11시 무렵이면 항상, 규칙적으로. 정윤은 핸드폰의 스피커를 최대 출력으로 올린다. 스트리밍 서비스가 아직 된다는 게 믿어지지 않는다. 새로운 노래가 업데이트되진 않지만 존재했던 노래들은 계속 존재하고 있다. 언제까지 될까? 오류가 일어날 때까지일 것이다. 스트리밍 서비스를 공유하던 친구들은 다 소식이 끊겼다. 그럼에도 자동이체는 계속되고 있고 정윤은 복잡한 미안함을 느끼곤 한다. 외면하기 위해 이불을 뒤집어쓰고 노래를 듣는다. 20분 정도만 버티면 두드리는 소리는 잦아든다. 처음 좀비화가 일어난 날부터 줄곧 그랬다.

철문 너머에는 승훈이 있다.

하지만 그 존재를 승훈이라 불러야 할지, 정윤은 늘 기분이 이상하다. 어째서 승훈은 좀비가 된 이후로도 계속 같은 시간에 정윤을 찾아오는 걸까? 그날 정윤에게 오는 길에 좀비가 된 것은 알고 있지만, 마지막으로 하고 있던 행위가 이때까지 이토록 영향을 미칠 수 있는 이유는 도저히 알 수 없다. 다른 좀비들도 움직임에 희미한 패턴 같은 게 관찰될 때가 있었다. 정윤은 그런 것을 관찰하고 싶지 않았다. 차라리 화살을 쏴 패턴을 깨고 싶었다.

몇 번인가, 정윤은 철문 가장자리 창살 틈새로 승훈을 마주했다. 정윤이 좀비에 대해 큰 두려움을 갖지 않게 된 것은 승훈 덕분이었다. 승훈은 문을 으랏차 뜯어낸다든가 하는 특별한 신체 능력을 보이지 않았고, 그나마도 관절 부분이 썩어들어 가면서 점점 약해지는 것 같았다. 뭘 먹어도 소화시키거나 새 세포를 만들 수는 없는 모양인데 좀비들이 왜 그렇게 먹고 싶어 하는 건지 이해하기 어려웠다.

그저 승훈의 문드러지는 무릎 관절을 기준 삼아 남은 식량을 계산했다.

"결국 너희 무릎이 먼저 썩느냐, 내 참치 캔이 먼저 떨어지느냐구나."

승훈은 정윤의 말을 전혀 알아듣지 못했지만, 정윤의 목소리에 더 힘차게 철문을 두드렸다.

"너희가 걷지 못하게 되면, 또 기지 못하게 되면 나는 엎드린 너희 사이를 빠져나갈 거야. 여기서 벗어날 거라고. 이 상황이 끝나고 열릴 첫 올림픽에 나갈 거야. 살아남은 자들의 올림픽에."

교수진을 위한 추석 선물로 사두었던 참치 캔 여덟 세트가 정윤의 주 식량이었다. 쌀과 라면, 빵, 김치, 닭가슴살, 뻥튀기, 바나나, 우유, 단백질 보충제, 감자칩 등이 있었지만 학관 식당을 더 자주 이용하는 편이라 소량이었으므로 지난달에 바닥이 났다. 정윤은 이제 참치 4분의 1캔이나 5분의 1캔으로 하루를 버티고 있다. 가끔 근육 경련이 일어난다. 언젠가는 활시위를 당기지 못하는 날이 올지도 모른다. 그 전에 좀비들의 관절이 다 무너져야 한다. 그래도 마지막까지 고민했던 참기름 세트를 사지 않았던 것이 얼마나 다행인지……. 정윤은 참치 기름까지 감사히 여기며 먹었다. 캔 가장자리에 입술이나 혓바닥이 다치지 않도록 조심하며. 그릇에 옮기면 묻어나는 양이 생기는 게 아까워 옮기지 않는다.

　하나 남은 화살은 승훈을 위해 남겨둔 것이지만 이제 정윤은 승훈을 보러 잘 내려가지 않고, 그 화살을 스스로를 위해 쓰게 될지 모른다는 생각을 가끔 한다. 그런 생각을 하지 않으려 노력하는데 번번이 실패하고 만다. 그래도 발가락으로 시위를 당겨야 할지, 다른 장치를 해야 할지 그 고민만은 미뤄둔다.

＊

　승훈을 만난 건 여름이 막 시작될 때였고, 여름이 발을 질질 끌 때 승훈이 좀비가 되었기에 사귄 기간은 정말 얼마 되지 않는다. 짧기 때문에 단계별로 곱씹어볼 수 있다.

　캠퍼스의 가장 높은 곳에 위치한 운동장에서 아침 훈련을 할 때마다 꼭 승훈이 있었다. 정윤과 다른 팀원들은 처음에는 관심이 없었지만 점점 승훈에 대해 궁금해하게 되었다. 다른 운동부로 착각할 일은 없었다. 설렁설렁한 폼과 물렁물렁한 근육은 어디에도 들어맞지 않아 보였다. 인문대생인 것 같다고 추측이 오가는 가운데, 아침마다 가볍게 뛰고 맨손 체조를 하고 남의 훈련을 구경할 뿐인 승훈은 부지런히도 나타났다.

　"방학인데 집에 안 올라가세요?"

낯가림이 그나마 덜한 정윤이 다른 팀원들에게 등이 떠밀려 물었다. 승훈은 대답도 없이 웃었다. 그런데 그 웃음이 압권이었다. 그냥 있을 땐 아무리 봐도 미남은 아닌 승훈이었지만, 웃으면 미남이 되었다. 종종 그런 웃음을 짓는 사람들이 있다. 반경 70미터쯤이 환해지는, 얼굴 구조가 아예 바뀌는 듯한 대단한 웃음 말이다. 이제 승훈의 얼굴은 점점 뼈에서 미끄러지고 있고 정윤은 승훈이 죽어버린 게 슬픈지, 그 웃는 얼굴을 못 보게 되어서 슬픈지 헷갈릴 때가 있다.

첫 데이트 날, 여전히 찌는 듯한 날씨였는데도 정윤은 카디건을 벗을 생각을 못 했다. 바늘도 안 들어갈 것 같은 근육질의 팔이 신경 쓰였던 건 아니었다. 삼각근에서 상완근으로 떨어지는 지점에 생긴 작은 Y자를 사랑했다. 오래오래 활을 쏴서 만든 자랑스러운 표식이었다. Y자기 희미해지면 훈련이 모자른 거라는 가늠이 되기도 했다. 팔이 문제가 아니라 또래 남성들의 미성숙한 반응이 귀찮았다. '나보다 몸이 좋네? 남자보다 좋으면 어떡해?' 하며 열등감을 드러내거나, '만져봐도 돼? 찔러봐도 돼?' 하며 감탄인 척 반복해서 조롱하거나 어느 쪽이든 귀찮았다. 귀찮아서 피하고 싶었다.

"안 더워요?"

"괜찮아요."

그러나 정윤은 이마가 벌게질 정도로 더웠다. 싸구려 폴리에스테르 카디건은 통기성이 나빴다. 싱글싱글하며 승훈이 다시 물었다.

"그럼 열이 나는 거예요? 여름 감기?"

새끼, 쓸데없이 쪼개긴. 정윤이 카디건을 벗어 의자 등받이에 걸었다. 나가떨어질 거면 빨리 나가떨어져라, 하는 심정이었다.

승훈은 더 이상 웃지 않았다. 가만히 감탄했다.

"팔이 아니라 조각 같아요."

고개를 가까이 기울여 와서, 팔등에 잔털이 오소소 섰다. 들킬까 봐 얼른 손바닥으로 문질렀다. 그날의 나머지는 나쁜 예감이 들지 않는 좋은 데이트였다.

✳

전신거울 앞에서 몸을 살핀다. 팔의 Y자가 남아 있긴 하지만 원래도 그다지 두껍지 않았던 피하지방층이 너무 얇아지는 바람에 온몸이 인체 해부도처럼 보여서 그 점이 마음에 들지 않는다. 허기를 가파르게 만들지 않을 만큼만, 최소한의 근력 운동을 한다. 인류 역사상 가장 눈물 겨울 내년의 올림픽에 나가서 메달을 따면…… 잃어버린 것들을 조금 덜 생각하게 될지도 모른다. 메달은 중요하다. 메달 같은 건 중요하지 않다고, 노력이나 과정이 중요할 뿐이라고 말하는 사람들은 뭘 몰라도 한참 모르는 사람들이다. 당신들한테나 중요하지 않겠지, 쏘아붙이고 싶어진다.

물론 양궁을 좋아한다. 시합이 시작되면 웅성거리던 경기장이 조용해지는 것이 매번 근사했다. 수백 명이 모여 있어도 바람 소리가 들릴 정도가 되는데, 양궁장 관객들만큼 매너 있는 사람들도 또 없을 것이다. 시위를 놓기 전, 감각은 줄 세운 듯 정리되고 정윤의 호흡이 모든 것을 판가름한다. 얕게 내쉬다가 멈출 지점을 찾아야 한다. 너무 빨리 멈추면 빗나가고, 너무 늦게 멈추면 힘이 빠진다. 1초를 5백분절 정도로 나누어 완벽한 마디에 다다라야 한다. 정윤의 우주가 정지한다. 가끔은 심장마저 잠깐 멎는 것 같다. 미세한 진동조차 용납되지 않기에 불수의근까지 배려해주는 것이다. 그러고 나서 시위를 놓을 때의 탄력적인 팔분음표, 화살이 날면서 내는 공기와의 멋진 마찰음…….

그 모든 것과 별개로 메달을 원한다. 메달과 메달에 따라오는 연금을 원한다. 메달은 지도자 코스를 밟을 수 있게 뒷받침해줄 것이다. 메달의 단단한 금속을 녹여 가늘지만 강력한 사슬 그물을 만들어 인생의 하한선에 걸어두고 싶었다. 메달이 중요하지 않다고 말하는 사람들은 한 번도 캐스팅 되지 못한 배우, 설계가 채택되지 않아 시공된 건물이 없는 건축가, 선거마다 당선되지 못하는 정치인, 훈련만 하다가 우주에는 나가보지 못하고 은퇴한 우주 비행사에게도 같은 말을 할 수 있을까? 아, 그런 무신경함이라면 상대를 가리지 않고 그럴 수도 있겠다.

영광은 분명 존재한다. 영광의 좁고 동그랗고 하얗게 빛나는 영역 안에 걸어 들어가고 싶은 사람에게 영광이 존재하지 않는다고 말하는 건 거짓말이다. 정윤은 영광을 원한다. 기억하는 한 언제나 그래왔다. 정윤의 경쟁자들은 살아남았을까? 활을 쏠 줄 안다는 것이 도움이 되었을까? 절체절명의 순간에 손에 활이 있었을까? 화살은? 혹시 마음속에 경쟁자들이 줄길 바라는 마음이 있는지 정윤은 자주 점검해보았지만 그렇지는 않았다. 얼굴만 알거나, 인사를 나눠본 다른 선수들이 살아 있길 기도했다. 영광을 영광스럽게 쟁취하길 원했다. 이런 지옥에서도 끔찍할 정도로 어두운 조각의 마음은 자라나지 않아서 안도했고, 스스로가 온전한 운동선수처럼 느껴졌다.

"어째서 사격이 아니라 양궁이었어?"

승훈이 물었을 때, 정윤은 질문 자체에 어리둥절했다. 일반인들에게는 두 종목이 비교 대상인지 몰라도 정윤에겐 아니었다. 사격은 고려 대상이었던 적이 없었다. 처음부터 양궁이었다. 정윤의 첫 코치는 국가대표 선수였다가 체육 교사가 된, 엄격하고 강직한 사람이었다. 그 엄격함과 강직함이 당시에는 힘들게 느껴졌지만, 시간이 지나 뒤 돌아보니 행운이었다. 그토록 정직한 사람, 다른 뜻이 없는 사람, 학생들에게 담백한 거리감의 애정이 있는 사람을 만나 선수가 된 건 믿기지 않는 행운이었다. 행운을 행운으로 이해하게 된 건 이후 자격 미달의 쓰레기들을 많이 만나고 난 다음이라는 게 생각하면 씁쓸하지만…… 선생님이 먼저였고 선생님이 양궁 선수였기에 양궁이었다.

"나는 양궁부를 선수를 키우기 위해 만든 거야. 재미있는 취미겠다 싶어서 손든 거라면 돌아가. 집이 좀 살 만하다 싶으면 돌아가. 공부를 중간 이상 하는 경우도. 기회가 꼭 필요한 사람에게 기회를 주기 위해서다."

중학교에 처음 생긴 양궁부에는 지원자가 많았으나, 그렇게 처음부터 반 이상이 걸러졌다. 반의반은 운동 능력이 받쳐주지 않아 그다음 몇 달 동안 걸러섰고 말이다. 정윤은 버텼다. 선생님은 볶은 콩을 들고 다니며 학생들에게 먹였다. 정윤과 다른 선수들은 아기 새처럼 받아먹으며 매일 활을 쏘았다. 바람을 읽는 법을 배우고 바람을 이기는 법도 배웠다. 근육통이 괴로워 모로 눕는 날이 이어지다 지나치게 얼얼해서 아무것도 느껴지지 않는 것 같은 날이 왔다. 그 모든 날들을 버텼다. 중학교를 버틴 친구들이 고등학교에 가서 포기한 경우도 많았다. 고등학교 양궁부 코치가 최악의 인간이었기 때문이다. 그 인간을 버텨내는 정윤을 보며 그만둔 친구들은, 버티기를 저렇게 잘하니 양궁이 아니라 레슬링을 했어야 했다고 농담을 했다. 세상에는 후원을 받으면 그것으로 필수는 아니지만 있으면 훨씬 덜 다치는 보호 장비를 사서 학생들에게 나눠주는 스승이 있고, 또 장부를 조작해 전부 빼돌리는 스승도 있었다. 그 간극을 이해하는 게 청소년에서 성인이 되는 과정이었다.

연락이 되는 친구들이 있었다. 최초의 사태를 살아남은 친구들이……. 아파트의 철문이나 다른 튼튼한 건물 안에서 살아남았고 전화로 메신저로 메일로 서로의 안부를 확인했었다. 배가 고프다고, 배가 고파서 나가봐야겠다고, 혹은 가족 중 한 사람이 아파서 도움을 구해봐야겠다고, 어떻게든 이동해야겠다고 연락한 게 마지막이 되었다. 정윤은 친구들의 끝에 대해서 상상하지 않으려 애쓴다.

＊

전기나 수도와 달리 가스는 작동하지 않았다. 차이가 뭘까? 정윤은 세상이 작동하는 방식을 자신이 모르고 있었다는 걸 새삼 깨달았다. 가스가 끊긴 채로 겨울이 왔다. 옥탑방은 지독하게 추웠다. 전기요가 있었으면 좋았을 텐데, 전기방석 하나 있는 게 다였다. 그나마도 상태가 좋지 않아 중간중간 꺼 가면서 써야 했다. 뭔가 열선 같은 게 녹는 냄새가 나서 조심스러웠다. 버티고 버텼는데 얼어 죽을 수는 없었다. 몸이 더 많은 열량을 필요로 하는 게 느껴져서 탄식하는 나날이었다. 기온이 얼마나 떨어진 걸지 궁금했지만, 기상청 사람들도 다 죽어버렸을 것이다. 옷을 네 겹씩 입고, 다 떨어져가는 참치를 두세 점씩 먹었다. 참치는 좋은 단백질원이지만, 오로지 참치만 먹으니 몸에 제대로 저장되지 않음이 틀림없었다. 탄수화물이 먹고 싶었다. 밥이, 국수가, 빵이 먹고 싶었다. 탄수화물 생각을 하면 입안에 침이 고여서 그 침을 다시 얼른 삼켰다. 팔다리의 경련이 심해지는 것에 더해 근육을 잃어가고 있었다. 좋지 않은 상황에서도 하루에 한 번씩은 좀비를 쐈는데, 빗나가는 횟수가 늘어갔다. 처음에는 머리를 맞혔는데도 정확한 부위가 아닌지 좀비가 죽지 않았고, 이내 머리를 맞히지 못하게 되었다. 전혀 엉뚱한 부위에 냅다 꽂혔다. 세덕소 옷걸이로 만든 화살이 조잡해서 그럴 것이라 초조히 생각했다. 활을 쏘지 못하게 되어간다는 걸 받아들일 수가 없었다. 곧 있으면 활 잡은 지 10년인데 말도 안 되는 이야기였다. 저 큰 머리통들을 못 맞히다니, 정윤은 기가 막혀서 휘청였다. 하마터면 옥상에서 떨어져서 좀비 밥이 될 뻔했다.

겨울이 깊자, 결국은 좀비 옷깃도 못 스치고 훨씬 못 미치는 거리에 화살이 떨어졌다. 지척의 좀비를 쐈도 어이없게 빗나가 땅에 꽂혔다. 정윤이 듣기에도 시위가 놓일 때

나는 소리가 형편없었다. 핑, 했던 그 소리를 이제 듣지 못
한다는 것이…… 활을 쏘지 못한다는 것이 정윤을 무너뜨
렸다. 식욕을 잃어 적은 양이 남은 참치도 먹기 싫어졌다.
시간을 재며 덥혀둔 전기방석을 안고 누워 온기를 최대한
방어하며, 최소한으로 움직였다. 가끔은 손가락만 움직이
는 날도 있었다. 일부러 움직이는 것도 아니었다. 꿈에서
시위를 걸 때 저도 모르게 움찔하고 움직이는 것이었다.

*

　미래의 올림픽 메달리스트는 겨울잠을 잤고, 봄이 왔을
때는 스스로가 아직 죽지 않았다는 것에 놀랐다.
　어쩌면 벌써 죽었는지도 몰라. 죽었는데 모르는 건지도
몰라. 좀비나 나나 한끗 차이인지도 몰라. 누가 나한테 내
가 살아 있다고 좀 말해줄 수 있을까? 몸도 머리도 둔했다.
죽지 않았지만 죽음에 아슬아슬하게 가까워졌단 것은 분
명했다.
　간만에 거울을 보았고, 꼴은 정말이지 좀비도 안 먹을
수준이었다. 괴혈병에 걸리지 않은 게 용했다. 정윤은 가
볍게 이빨을 흔들어보았다. 잇몸은 물렁물렁했지만 이빨
이 빠지진 않았다. 언제 채소를 마지막으로 먹었지? 아마
도 승훈이 사줬던 허브 화분을 뿌리까지 뽑아 먹은 게 마

지막이었던 것 같았다. 허브는 먹을 만했는데, 산세비에리
아 비슷한 다육 식물은 썹다 결국 토했었다. 미나리와 쑥갓
이 너무나도 먹고 싶었다. 싱싱한 맛을 상상하는 것만으로
미뢰가 자극받았다.

승훈은 겨우내 문을 두드렸지만, 그 소리는 너무도 익숙
해 멀리 절 같은 데서 두드리는 북소리처럼 신경을 거스르
지 않았다. 오늘 11시에도 그 애가 올까? 아직 화살이 하나
남았는데…… 한 번 정도 활을 더 쏠 힘은 남아 있는 듯했
다. 계단을 내려가 문틈으로 가까이서 승훈을 쏘는 것은 가
능할 것이다. 오늘은 가능하고, 내일은 불가능할지도 모른
다. 정윤은 더 이상 미룰 수 없다는 걸 알았다. 승훈을 쏘
고, 마지막 캔을 핥아 먹고, 가장 좋아하는 트레이닝복을
입고 활을 안은 채 잠들 계획을 세웠다. 사후세계의 올림픽
이라도 나가고 싶었다. 사후세계엔 너무 뛰어난 선수들이
시대별로 쌓여 있어서 승률이 더 낮아지려나? 그런 생각을
하다가 피식 웃었다.

오랜만에 머리를 감았다. 머리카락이 한 움큼씩 빠졌다.
샴푸가 똑 떨어진 게 기묘한 만족을 주었다. 머리를 말릴
힘은 남아 있지 않아 수건을 여러 장 썼다. 수건을 여러 장
쓰는 정도가 마지막 사치였다. 풍요로운 세계였다고 할 수
는 없지만, 곧 정윤의 세계가 끝날 참이었다. 정윤은 해가
지는 것을, 오래가는 LED 전구들 덕에 아직 무사한 가로

등이 켜지는 것을 보았다. 끝이라 생각하니, 삭막한 지방 도시의 원룸촌도 아름다워 보였다. 이런 풍경이었구나, 나의 세계는. 감성이라 할 것도 없는 줄 알았는데, 어딘가가 찡해져왔다. 완벽한 풍경이었다. 하루를 더 살아남는다 해도, 그 풍경을 그대로 간직하기 위해 다시는 내다보지 않으리라 마음먹었다. 그런 완결성이 사람에겐 필요한 것이다. 운동선수에게 메달이 필요하듯이.

11시가 되었고, 철문의 보조 사슬 걸쇠를 그대로 둔 채 조금 열었다. 오래간만에 보는 승훈의 모습에 비위가 상하기보다는 안쓰러움을 느꼈다. 문 두드리는 소리가 점점 약해지는 것 같더니, 역시나 그동안 많이 삭아 있었다.

"미안해. 좀 더 빨리 끝내줬어야 하는데."

아꼈던 만큼, 일찍 보내주었어야 했는데 그러질 못했다. 승훈의 상태를 체크하며 좀비 시대가 언제 끝날지 헤아리려 했다는 것은 스스로를 위한 거짓말이었다는 걸 이제 와 깨달았다.

나쁜 냄새가 나지 않았다. 삭을 만큼 삭아선지, 온도나 습도의 도움이었는지는 알 수 없었다. 문틈을 파고드는 승훈의 손을 고무장갑 낀 손으로 잠시 잡았다. 둘 다 악력이 별로 남아 있지 않았다. 언제나 먼저 손 내밀어줬었다. 먼저 웃어주고, 먼저 바라봐주었다. 마음을 다 열지 못해 걸쇠를 걸어두고 장갑을 끼듯 방어를 했던 건 정윤 쪽이었다.

"마지막까지도 이래서 미안해."

정윤은 승훈의 얼굴을 제대로 마주하려 애썼다. 언젠가 그렇게 정윤을 똑바로 보던 눈을. 잠깐 함께한 것뿐이지만 승훈을 보면 긴 미래가 기다리고 있는 것처럼 느껴졌었다. 화살이 X링에 꽂히리라 확신하는 순간처럼 알 수 있었다. 좋은 예감이 적중하리라 믿었던 좀비 시대 직전의 오만함은, 귀여운 구석마저 있지 않았나 했다.

"난생처음으로 귀여웠었지."

정윤은 승훈 특유의 미소를 따라 하려 노력했다. 살점이 사라져 잇몸이 그대로 드러난 승훈도 어떻게 보면 웃는 것 같았다.

내가 보낸 마지막 여름이 너랑 함께여서 다행이야.

내가 쏘는 마지막 과녁이 너라서 다행이야.

좀비가 된 승훈 앞에서마서 쑥스러워 말들을 잔뜩 삼키고, 정윤은 하나 남은 제대로 된 화살을 시위에 걸었다. 약해질 대로 약해진 어깨와 팔이 타는 것처럼 당겼다. 온몸이 스트링이 된 것 같았다. 끊어질 듯한 그 상태가 영원할 수 있다면, 정윤은 바랐지만 오래 버티지 못했다.

마지막 화살은 적중했다.

승훈이 무너져 내렸다.

그 해어진 무릎이 바닥에 떨어졌고, 나머지 관절들이 누더기에 싸여 흩어졌다. 승훈의 머리에서는 전등같이 가벼운 것이 깨지는 소리가 났다. 생각보다 큰 소리가 나지 않았다. 승훈을 이루던 많은 부분은 이미 먼지가 되어 저 밖에 있는 모양이었다. 분명 빛나는 먼지일 것이다. 메달처럼 반짝이는.

"나도 곧 그런 먼지가 되면 좋겠다."

정윤은 철문을 닫아걸었다. 먼지가 되려면, 죽어서도 좀비들에게 먹히면 안 되니까. 눈물이 났다. 몸에 수분이 아직 이렇게 많아서야 먼지는 못 되겠군, 생각했다. 울고 싶지 않았고 울 힘도 사실은 없었지만 멈추지 못했다. 팽팽한 긴장 속에서 심장도 잠시 멈추게 할 수 있을 것 같았던 날들이 있었는데 이제는 아무것도 멈추지 못했다. 삶에 대한 장악력을 완전히 잃었다. 울다가 기력이 없어 잠이 들었다가 의식을 찾았을 때는 새벽이었다. 정윤이 몸을 일으켰고, 문 저편의 승훈은 일어서지 않았다. 혼자 계단을 기어 올라가, 마지막 캔을 깨끗이 비웠다.

그리고 세상이 끝나도 하기 싫었던 일을 하기 시작했다. 자기 자신을 위해 철사 옷걸이로 화살들을 만들었던 것이다. 하나도 아니고 여러 개를 만들었다. 실패할 가능성을 고려해야 했다. 차라리 좀비들에게 몸을 던지는 게 나을 상황이 될지도 몰랐다. 장소는 옥상을 골랐다. 방에 갇힌 채 썩어가기보다는 신선한 공기와 맞닿아 있고 싶었다. 죽은 몸에게 그런 게 중요할지는 몰라도.

제발 한 번에 가자. 옥상에 서서 발로 시위를 밟고, 턱을 겨누었다. 망할…… 사격을 할 걸 그랬나? 처음으로 정윤이 스스로의 선택을 곱씹었을 때였다.

멀리서, 헬리콥터 소리가 들렸다.

작품
해설

**날카로운 비판조차 결 곱게 다듬은,
섬세하고 조심스러운 이들을 위한 놀이터.
정세랑의 세계에 오신 것을 환영합니다.**

정세랑은 이제 한국 소설계의 주축으로 성장한 작가 중 한 명입니다. 특히 작가와 동세대라 할 수 있는 젊은 독자층에서 커다란 호응을 얻고 있죠. 가장 큰 이유는 지금 이곳, 현재의 한국 사회에서 (특히 여성으로서) 살아가는 모습을 잘 그려내기 때문일 겁니다. 물론 이런 특징을 지닌 작가들은 꽤 많습니다. 커다란 흐름을 형성할 정도로 많죠. 그 안에서 자신만의 색깔을 드러내지 못하면 일련의 흐름을 탄 '원 히트 원더'로 남게 될 확률이 높습니다. 하지만 아시다시피, 정세랑은 자신만의 스타일을 발견했고, 갈고 닦았고, 각인시켰고, 유지하고 있습니다. 포맷 자체가 기발한 연작 단편집도 있었고, 현실에 독특한 상상력을 '외삽'한 재미있는 이야기들을 만들어냈죠. 그리고 그 결과물은 꾸준한 반응을 얻었고요. 꾸준히 좋은 반응을 얻기란 꾸준히 쓰기보다 더 어려운 일입니다.

그렇다면 어떻게 이 작가는 이 어려운 일을 해냈을까? 어떻게 스타일을 갈고 닦았으며, 그 기원은 어디일까? 이 단편집 《목소리를 드릴게요》에 그 해답이 있습니다. 초창기 단편부터 근래에 발표된 작품까지 모두 수록돼 있기 때문입니다. 가장 오래된 작품과 가장 최근의 작품 사이에는 8년이 넘는 시간차가 있습니다. 강산이 한 번 바뀌기 직전이죠. 그런데 흥미롭게도, 이 단편집에서 가장 눈에 띄는 부분은 스타일의 일관성입니다. 웹진에 단편을 투고했을 때와 입지를 갖춘 작가가 된 이후의 스타일에 큰 변화가 없습니다. 세계관 역시 마찬가지고요. 그만큼 굳건한 중심 혹은 심지가 있다는 뜻이겠죠.

이 단편집의 첫 번째 작품이자 가장 짧은 단편인 〈미싱 핑거와 점핑 걸의 대모험〉은 그 스타일을 소개하는 전주곡으로 딱 어울리는 작품입니다. 세계가 어딘가 잘못됐고, 그 원인은 알 수 없습니다. 주인공이 거기에 관심이 없기 때문이죠. 주인공은 자신이 사랑하는 사람을 돕기 위해 과거로 돌아가 온갖 고생을 하지만, 그건 그냥 사랑하기 때문입니다. 그 바깥의 세상이 어떻게 돌아가는지는, 주인공에게 중요한 일이 아니죠. 내가 사랑하지 않는 세계는 나의 세계가 아닌 것입니다. 내가 받아들일 수 있는, 받아들이고 싶은 세계와 그럴 수 없는 혹은 그러고 싶지 않은 '외부' 사이의 간격은 이 단편집 전체에서 반복적으로 제시됩니다(한데 모아서 보면 이런 특징을 읽을 수가 있어서 좋습니다. 단편집의 매력이죠). 특히 여성성과 자연은 '이쪽'을 대표하는 키워드입니다. 각 단편을 이끌어 가는 주인공은 성별이 제시되지 않았거나 여성인데, 성별이 제시되지 않은 주인공의 경우에도 다른 단편에 등장하는 여성 인물과 서술 스타일이 거의 닮아 있음을 알 수 있습니다. 그럼 다들 여자인가? 하지만 그건 함정일지도 모릅니다. 실제 성별이 무엇인지는 중요하지 않은지도 모릅니다. 관건은 그 인물들이 모두 '정세랑 패스'를 통과한 인물들이라는 점입니다. 확장하려는 사람이 아니라 수렴하려는 사람, 대의보다는 자신의 감정을 소중하게 여기는 사람, 이기려는 열망 대신에 패배하지 않기 위해 승부에 임하는 사람, 공격수보다는 수비수에 가까운 사람들이죠. 에코페미니즘이 내건 기치에 가깝습니다.

남성으로 성별이 특정된 인물의 경우에는 성별을 알 수

없는 경우와는 다른 특징을 갖고 있습니다. 악역을 제외하면 이 단편집의 남성들은 대체로 무해하며, 실제로 액션을 펼치는 경우가 거의 없습니다(이 단편집에서는 딱 한 편의 예외가 있습니다). 뭔가를 할 때는 거의 조력자로서 움직이죠. 그들의 주 역할은 주인공에게 액션의 원동력을 제공하는 것입니다. 여성 뮤즈들이 남성 화자(그리고 그 화자와 동일시되는 작가)와 엮이는 방식이 역전된 겁니다. 이렇게 역전된 관계가 정치적인 장치일 수도 있겠죠. 하지만 전략적인 장치로 보기에는 너무 눈에 잘 띕니다. 이 단편집의 여러 주인공이 서로 닮아 있는 것처럼, 남성 뮤즈들이 서로 닮아 있는 것도 작가의 세계관이 자연스럽게 발현된 결과물로 보입니다. 주로 '남자다운 특성'에 해당한다고 여겨지는 공격적인 특성을 지니지 않은 남성들에 대한 호감 말이죠.

반대로 주인공이 맞서는 존재들은 모두 선제공격을 서슴지 않는 인물이며, 때로는 그런 공격성을 숭앙하는 현대 문명 자체입니다. 독자들은 "이런 세계라면 그냥 사라져버려도 상관 없다"는 독백을 서로 다른 인물들로부터 여러 차례 들을 수 있습니다. 세상을 더 암울하게 만드는 문명이라면 당연히 스스로 몰락하고 망하는 게 올바른 수순이 아니겠냐는 주장을 쉽게 기각할 수 있는 사람은 거의 없을 것입니다. 그래서 이 단편집에서 포스트 아포칼립스풍으로 쓰인 작품들은 묘한 안도감 같은 것을 안겨줍니다. '이쪽 세계'에 사는 이들은 선제공격을 할 수 없다 보니 불의에 맞서 스스로의 세계를 방어하는 싸움들만 해내고 있는데(즉 그들은 성격상 테러리스트가 될 수는 없습니다), 뭔가가 쾅 하고 세상을 부숴주면 드디어 새로 만들 수가 있으니까요. 특히 〈리셋〉처럼 세계를 더욱 폭넓게 조망하는 단편에서는 이 낙관성이 더 확실하게 적시됩니다. 이 은근한 저항의 메시지가 작품마다 거의 한결같이 흐르면서 작가의 세계관을 분명히 드러냅니다.

하지만 어떤 작품이 무엇을 지향하느냐보다 더 중요한 문제가 있습니다. 재미있게 잘 썼느냐는 겁니다. 정세랑 작가는 이 점에서 대단히 고른 성취를 보여줍니다. 정세랑 작가의 세계에서는 특징적으로 주요 인물들이 감정선을 따라 움직입니다. 뭔가를 그리워하거나 좋아하는 마음을 그려내는 작가의 솜씨가 뛰어나기 때문에 독자는 곧장 끌려들어갑니다. 이렇게 애틋하고 애절한 마음을 따라 스토리가 굴러가니까 특별히 스토리를 굴릴 장치를 욱여넣을 필요도 없습니다. SF나 판타지풍의 설정들도 그 '마음'에 자연스럽게 녹아들고요. 정세랑의 작품들이 장르문학적인 특성을 띠느냐 아니냐와 관계없이 고른 평가를 받는 이유도 여기에 있을 것입니다. 독특하고 기발한 장치에 몰두하지 않고, 누구나 가지고 있을 법한, 선하고 보편적인 정서에 기반을 두고 있다는 점 말이죠. 단편 〈11분의 1〉이 그 좋은 예입니다. 초반부에 주인공이 누군가를 사랑하게 된 순간을 설명하는 부분은 완전히 '리얼'한 러브스토리입니다. 대학교 캠퍼스에서 시작된 사랑……. 맞아 맞아 하면서 읽다 보면 어느새 인간 재생 프로젝트와 외행성 개척이라는 소재와 마주하게 됩니다. 하지만 낯설게 느껴지지 않죠. 왜냐하면 그 SF적인 난관들을 돌파하게 된 동기가, 그 마음이, 대학 동아리에서 시작된 보통의 마음이기 때문입니다. 많은 독자가 삶 속에서 이미 경험했거나 마주친 마음 말이죠.

이렇게 공감대를 (아마도 본능적으로) 잘 활용하는 작가는 또 하나의 능력도 갖추고 있습니다. 비교하자면 신춘문예가 아니라 환상문학웹진 '거울' 출신이어서 가질 수 있는 장점이라고 할까요. 장르문학의 장치를 가져다 쓰면서 비현실적인 장치들을 어색하게 다루는 작가들도 많습니다. 작가의 상상 속에서 태어난 세계는 '현실'과는 달리 필연적으로 설명하고 묘사해주어야만 하는데, 이를 부담으로 느끼는 작가에게서는 자연스러운 결과물이 나오지 못하는 거죠. 하지만 이 단편집을 비롯한 정세랑 작가의 작품에서는 그런 어색함이 느껴지지 않습니다. 왜냐하면 그 꿈과 '상상'의 세계가 이 작가의 본진이니까요. 작은 행성의 서버를 조작하는 식물형 지성체인 '나팔꽃 언니' 같은 캐릭터는 얼마나 아름다운지요. 본의 아니게 세상에 해를 끼치게 된 억울한 초능력자들을 코믹하게 소개하는 부분에서는 여유가 느껴질 정도입니다. 마치 공들여 꾸민 정원을 둘러보는 것 같지요. 이런 재미있는 장치를 이렇게 예쁘게 심어놓았구나, 이곳의 주인은 하나하나의 장치와 그것들을 심어놓은 공간 전체를 다 아끼고 있구나, 여기가 이 사람이 아끼는 세계구나.

뭔가 거창한 것 없이도 그저 선하고 즐거운 공간. 날카로운 비판조차 결 곱게 다듬은, 섬세하고 조심스러운 이들을 위한 놀이터. 정세랑의 첫 SF 단편집《목소리를 드릴게요》는 이처럼 만나기 힘든 안식처를 제공합니다. 그러니 마음이 무거울 때, 그냥 심심할 때, 짝사랑을 하고 있을 때 등등, 언제고 부담 없이 들러서 쉬어 가시기를 권합니다.

물론 이 작은 세계의 동지가 되기로 마음먹으신다면 더할 나위 없이 좋은 일이겠지만요!

김규림, 평론가

작가의
말

아무래도 스스로를 생각할 때 판타지 작가인 것 같지만, 종종 SF를 썼고 참새와 박새가 수가 모자랄 때 서로서로 무리 지어 지내는 것처럼 SF 작가들과 오랜 우정을 나누어왔으므로 이 책을 꼭 내고 싶었다. 요즈음은 전 세계적으로 장르 사이의 경계가 점점 흐려져가는 듯해 용기가 나기도 했다. 장르문학을 쓸 때도 쓰지 않을 때도 나는 한 사람의 안쪽에서 벌어지는 일에 큰 관심이 없다. 그보다는 사람과 사람 사이, 사람과 사람들 사이, 사람들과 사람들 사이에서 발생하는 일에 마음을 빼앗기고 만다. 관심이 바깥을 향하는 작가들이 판타지나 SF를 쓰게 된다고 생각한다.

〈미싱 펑거와 점펑 걸의 대모험〉은 언젠가 학습만화용으로 쓰고 싶어 만들어놓은 캐릭터들이 주인공인데, 학습만화의 정반대에 있는 초단편이 되었다. 역시 계획은 계획일 뿐인 것 같다. 짧은 이야기지만 이 이야기를 사랑해주는 분들이 많아 기뻤다. 미싱 펑거와 점펑 걸이 각자의 방식으로 행복하기를 언제나 바라고 있다.

〈11분의 1〉은 실제로 대학 때 모든 여성 회원이 탈주한 동아리에 남겨졌던 경험을 바탕으로 썼다. 물론 소설과 달리 다음 학기에 바로 정상화되었지만, 한 집단의 유일한 여성이 된다는 것은 뭐라 말할 수 없는 경험이었다. 꼭 개인적인 경험과 연관 짓지 않더라도 균형이 무너진 상태에서 어떻게든 균형을 찾으려는 인물에 애정이 있다. 마음속에 있는 말들을 소리 질러버리고 난동도 부려보는 유경에 대해 쓰는 것은 즐거웠다. 어리고 젊은 나이에 아팠거나 지금 아픈, 혹은 먼저 세상을 뜬 친구들에게 보내는 마음이기도 했다.

〈리셋〉은 계속 쓰고 싶었던 소설이었다. 거대한 지렁이들이 인류 문명을 갈아엎는 이야기를 짧게 여러 번 써서 합쳤다. 나는 23세기 사람들이 21세기 사람들을 역겨워할까봐 두렵다. 지금의 우리가 19세기와 20세기의 폭력을 역겨워하듯이 말이다. 문명이 잘못된 경로를 택하는 상황을 조바심 내며 경계하는 것은 SF 작가들의 직업병일지 모르지만, 이 비정상적이고 기분 나쁜 풍요는 최악으로 끝날 것만 같다. 미래의 사람들이 이 시대를 경멸하지 않아도 될 방향으로 궤도를 수정할 수 있으면 좋겠다. 윤리는 어쩌면 비위에 닿아 있을지도 모르겠다고 자주 곱씹는다. 자료 조사를 하다가 에이미 스튜어트의 《지렁이, 소리 없이 땅을 일구는 일꾼》에서 좋은 정보들을 많이 얻었다. 표지가 적나라하게 지렁이지만 내용은 무척 흥미로웠다.

〈모조 지구 혁명기〉는 열네 살 때부터 반복해서 꾼 꿈에서 재료를 얻었다. 장르 작가들의 뇌는 악몽 제조기에 가까워서 종종 그렇게들 소설을 쓴다. 반칙이려나? 그래서 그런지 이 이야기를 아주 좋아하는 분들이 있었고, 아주 싫어하는 분들도 있었다. 꿈결이 비슷한 사람들만 이야기를 통해 연결되니 어쩔 수 없는 일인 듯하다. 쓸 때는 무엇을 쓰는지 몰랐고, 이번에 고치며 다시 읽어보니 학대자를 살해하는 이야기라는 걸 깨달았다. 완전히 이해하지 못하면서도 일단 쓸 때가 많으니, 나는 그냥 이야기가 지나가는 파이프일지도 모르겠다. 다음에 타투를 하면 파이프 모양을 하려고 한다. 인물들의 성별을 모호하게 수정했는데, 어떤 성별로 이 이야기를 읽으셨는지 궁금하다. 한국어는 그런 작업이 가능한 언어라 즐겁다. 읽는 사람의 마음대로 읽히는 이야기를 쓰고 싶다.

〈리틀 베이비 블루 필〉은 할머니의 간병 보조를 맡고 있을 때 썼다. 그 시기에 대한 기억은 이상할 정도로 남아 있지 않은데, 반복되는 나날이어서 기억에 깃발이 꽂히지 않았던 게 아닐까 싶다. 요새는 아침에 일하지만 가족들과 함께 살 때는 새벽에 교정을 보거나 소설을 썼고, 덕분에 할머니가 현관문이나 창문을 열고 나가시려는 걸 제때 만류할 수 있었다. 실종이나 추락이 매일 두려웠다. 단 3시간만이라도 필요한 정보를 전달할 수 있었으면 했다. 그렇게 출발한 소설은 주인공이 없는, 통사 서술 비슷한 무엇이 되었는데 가끔 이런 식으로 지독히 건조한 소설들이 쓰고 싶다.

〈목소리를 드릴게요〉를 구상한 것은 《이반 데니소비치의 하루》 특별판 편집을 맡았던 시기였다. 2010년대 한국에 수용소가 있다면 어떤 모습일지 상상하다가, 친한 친구들의 이름이 잔뜩 들어간 소설이 되었다. 친구들은 이 이야기가 단행본으로 묶이는 게 미뤄져서 불만이 많았다. 가장 친한 친구들이어서 일찍 쓰인 것인데 묶이는 순서는 그대로가 아니었던 것이다. 변명하자면 데뷔작도 아직 단행

본으로 묶지 못했다. 복잡한 자석 놀이처럼 단편과 단편이 잘 붙지 않을 때가 있다. 이 이야기를 표제작으로 삼은 것은 요새 가장 자주 하는 고민이 한 사람 안의 유해함, 공동체와 시민 사회 안의 유해함에 대한 것이기 때문이다. 스스로의 유해함을 신중하게, 더불어 기꺼이 제거하기로 마음먹는 주인공의 목소리를 받아 적고 싶었다. 그리고 몇 년 전에 반복해서 "정세랑 소설은 〈목소리를 드릴게요〉 말고는 다 갖다 버려야 한다"는 요지의 글을 올렸다 지웠다 하시는 분이 계셨는데……. 아니, 제가 정말 다작하는 편인데 정말로 다요? 이제 와선 웃지만, 창작자들에게 조금만 너그럽게 대해주시길 부탁드린다.

〈7교시〉는 〈리셋〉과는 다른 세계에 있는 초단편이다. 에드워드 윌슨의 《지구의 절반》을 읽고 영향을 받았다. 나는 정말로 여섯 번째 대멸종이 두렵다. 조류 관찰을 좋아해서 전 세계의 관련 단체 소식을 받고 있는데, 모두 개체 수 급감에 아득하게 절망하고 있다. 요새 '극단적인 환경주의자'라는 소리를 자주 듣지만 새들이 다 사라져가는 세계에 아무것도 느끼지 못하는 사람들이 더 치우친 게 아닌지 항변하고 싶다. 욕망은 점점 단순하게 수렴해서, 흔들리는 나뭇가지 사이를 누비는 작은 새들을 보고 싶은 마음뿐이다. 우리는 이제 우리와 닮은 존재가 아닌 닮지 않은 존재를 사랑하는 법을 배워야 하지 않을까? 사랑의 특성은 번지는 것에 있으므로 머지않은 날에 정말 가능할지도 모른다.

〈메달리스트의 좀비 시대〉는 어려운 희망에 대해 쓰고 싶어서 썼던 이야기가 아닌가 싶은데, 내가 이 이야기를 쓸 때의 기억보다 어떤 분이 웹진 거울에 "그런데 헬기가 구해주지 않고 또 통조림만 주고 가버려" 하고 농담을 남기신 게 강렬했다. 그 농담만 생각하면 매번 웃음이 터진다. 별개로 나는 살아남은 정윤이 먹고 싶어 하던 채소로, 싱그러운 향기로 가득한 작은 화단을 가지게 되었을 거라고 상상한다.

2020년은 SF 단편집을 내기에 완벽한 해가 아닌가 싶고, 세계는 더디게 더 많은 존재들을 존엄과 존중의 테두리 안에 포함시키는 방향으로 나아갈 거라고 믿는다. 너무 늦지만 않으면 좋겠다.

2020년 1월
정세랑

수록
지면

목소리를
드릴게요

초판 1쇄 발행   2020년 1월 6일
초판 13쇄 발행   2023년 9월 6일

지은이   성세링
펴낸이   박은주
편집   최지혜
일러스트   권서영
디자인   김선예, 이수정
마케팅   박동준

발행처   (주)아작
등록   2015년 9월 9일(제2023-000057호)
주소   07236 서울특별시 영등포구 의사당대로 38 102동 1309호
전화   02.324.3945-6 **팩스** 02.324.3947
이메일   arzaklivres@gmail.com
홈페이지   www.arzak.co.kr

ISBN   979-11-6530-000-5 03810

© 정세랑, 2020